海の梵鐘《ぼんしょう》

波方遥
NAMIKATA YO

幻冬舎MC

海《うみ》の梵鐘《ぼんしょう》

目次

海鳴りの聞こえる町 3
「もはや戦後ではない」 33
変容 63
出会いと別れ 101
誠司 149
冬の海 179

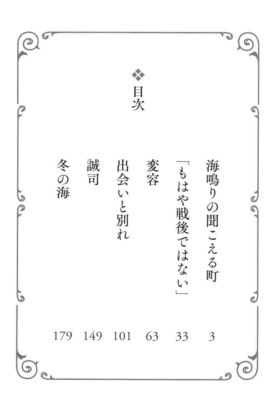

海鳴りの聞こえる町

町から海までは一里ほどある。

地曳網の漁獲が多かった日は、浜部落の女たちがアジやいわし、アサリやながらみ、時にはホウボウなどの魚介類を荷車に載せ、町まで行商にやって来た。

女たちは目星をつけた、買ってくれそうな家に出向いて声をかけた。

「見てくれや。いろいろあっど（あるよ）」

家から出てきた女も、木箱の中の品を見定め、晩のおかずを工面する。

「あじょうだや（どんなようすだ）。これはちっちゃけい（小さい）ねえ」

「ちっけい（小さい）のが、のうほど（たくさん）獲れるだよ」

「なじょうしべいか（どうしょうか）。それじゃわーか（少し）もらおうか、おっち（汁物）にいれてもよかっぺな」

食卓に、手間のかかる料理が並ぶことはなかった。煮たり焼いたりするだけの、いわしなどは格好の食材で、ご馳走だった。桶に一杯ほど買ったながらみは塩茹でにし、竹串を使い、身をほじって食べた。時にはジャリッと、砂が舌にあたって食感をそいだ。

そして夜になり、人々が活動を終えて寝床に入る頃、ドドーン、ドドーンと海鳴りが町全体にかぶさるように響き渡り、音波は更に遠くへと拡散していった。強弱をつけながら、夜の静寂を大地の鼓動が規則的に震わしていく。冬季や、大風の翌日などは一段と大きく響き、千津は幼心に恐怖を覚えて、母親の胸にしがみついて眠りについたものだった。

千津には小さい頃に一度だけ、家族と浜に海水浴に出かけた記憶がある。

家の女たちと千津は牛車に乗り、父と兄たちが交代で牛を引き、海へと続く日照りの道を歩いた。

母と姉たちは、日傘や手拭いで陽射しを遮って、おしゃべりに興じていた。遠出することなどめったにないことなので、皆で出かけることで浮かれていた。握り飯や漬物などをお重に詰め、大きなやかんには麦茶を用意してきた。海に近づくと潮騒が一段と大きく響き、潮の香りも強くなった。牛車は松林を抜け、砂丘をかけ上がる。

とたんに海が一面に広がって見えた。夏雲が山塊のように湧き出ている。どこからか、干し魚の腐ったような臭いも漂っていた。長い海岸線の彼方はかすんでいた。男たちは褌《ふんどし》、女たちはアッパッパを着たまま浜に降り立った。

水際までの距離が長く、砂地は夏の太陽に熱せられ、はだしで歩くには熱すぎた。

皆で「アチー、アチー」と叫びながら、生えているハマボウフウやヒルガオなどの植物を踏み、ピョンピョン飛び跳ね渚を目指した。

幼かった千津は、パンツ一丁で兄に負ぶさって波を浴び、初めての海水浴を体験したのだった。

遠い思い出で、今では誰にも確かめようがないが、千津の記憶にはそれはまるで映画の一シーンのように、潮の香りまでもが家族の姿とともに蘇ってくるのだった。

本庄の家は久衛門という屋号をもち、駅を挟んだ町の丘側にあった。

江戸時代初期に幕府の許可を得た大商人らにより、この地方の内陸部にあった大きな湖が干拓され、後にその周辺の低湿地も新田として開拓された農村部落である。

明治以降に、いくつかの村落が合併してできた町の中心は、駅の海側であった。大通り商店街には町民だけでなく、近在の人々も買物にやって来る、小さな商業圏ができていた。

戦時中、県の東部に位置するこの地域には、首都防衛の航空隊基地や高射砲陣地が設置され、また敵機が帰艦するルートにもなっていた。

そのため、町の周辺部では空襲で命を奪われた犠牲者がでたのだが、中心部は戦災に遭わずにすみ、戦後も、人々が生活する上で必要なものが従来のまま残されていた。

千津が小学校時代の、同級生の名簿欄に書かれた親の職業を見ても、農業以外に材木屋、瀬戸物屋、下駄屋、豆腐屋、仕立屋、畳屋と、多岐にわたっていた。酒、醤油、酢、味噌といった昔から続く醸造業は、町の有力者である旧家の本家や分家が担っていた。


大通り商店街から少し離れた場所に、長福寺がある。

春秋には近在の寺を巡るお遍路が立ち寄る、つくも地方の中核的な真言宗の寺で、「観音さま」や「四万八千日」の祭りでは、檀家を中心に、遠方からも大勢の人たちが集まり賑わっていた。

祭りになると境内には露店が並び、仮設の舞台が作られ、見世物小屋やサーカスがやってきた。普段、寺の境内を遊び場とする近所の子供たちにとっても、心浮き立つ日々となった。

寺の観音堂には四国や高野山、出羽三山等を巡拝した信徒たちの集合写真が、回廊に何枚も掲げられてあった。

回廊は吹き抜けで、すっかりセピア色に変色しているが整列した人々が並ぶ写真の中に、まだ若さが残る緊張した面持ちの千津の父と母がいた。

二人が結婚した戦前から、戦後に至る怒濤の時期を経て、生活がやっと安定し、旅行に出かけるゆとりが出てきた頃のものである。


家の入り口の杉の丸太の門柱をくぐり、この地方に多いマキの生垣に沿って行くと、母屋の入り口に突き当たる。

農作業場となる、空き地を挟んだ反対側に、精米や脱穀をする工場があった。

母屋と工場との間には、納屋や隠居部屋が配置され、工場の裏手には牛や豚、鶏などの家畜小屋があった。

家族構成は祖父の忠助を筆頭に、父の剛三、母のつね、長女のシゲ、次女のヤス、長男徳一、次男英二、三男洋平、三女のスミ、つねの連れ子であるなみ、四男信吾、そして末っ子の千津という大家族である。

もっとも末子の千津が生まれた時には、長姉のシゲは既に他県に嫁いで子供を産んでいたので、千津は0歳にして早くも叔母さんだったことになる。

もともと忠助自身も入り婿、その一人娘と結婚したのが剛三で、六人の子供が生まれた。

その母親が病死した後、なみを連れて後妻に入ったのがつねであり、再婚後に信吾と千津の二人を産んだ。

血縁のある者、ない者が一緒に、大家族で暮らす家には、様々な思惑や軋轢《あつれき》が生じる要因が含まれていたのである。

剛三とつねが結婚したのは、日中戦争の始まる前年、昭和十一年の初冬だった。この年は剛三の末弟、武が召集されて駅から出征していくなど、戦の足音は、田舎町でも感じられるようになっていた。

つねは十九歳の時、奉公先の紹介で八百屋を営んでいた男に嫁いだが、娘のなみが生まれて間もない時期に夫は病死してしまい、実家に戻らざるをえなくなった。

実家は、知人に保証人を頼まれて財産を無くした貧しい農家で、病身の親と弟妹のいる家に、子連れで居続けることは無理だとわかっていた。

しばらく実家に身をおいていた時に、親戚筋がつねに、隣町で伴侶と死別していた剛三との縁談話を持ってきた。

舅と、子供が三人いるという話だったが、十五歳になる長女は既に遠縁の若者との縁談話がまとまっており、二、三年後には家を出るという。

学齢前の長男のほか、末娘が自分の娘、なみと同い年というのは、遊び相手になっていいかな、と少し期待した。

柳行李《こうり》を担いだ口利きの男がなみの手を引き、つねは着替えなどを詰めた風呂敷包みを抱えて、町へと続く街道を歩いた。

夫となる剛三はつねより十六歳年上の大工で、背が高くがっちりした体格の男だった。親戚の男と挨拶を交わしている様子からは、職人らしい律儀さが感じられた。

舅の忠助は背中に大きなコブがあり、緊張して体を硬くしているつねを、ぎょろりと鋭い目で眺めた。うまくやっていけるだろうか、と彼女は早速不安を覚えた。

新参者を一目見ようと、近所の者たちが縁先まで集まってきた。だが暗くなっても、何人かの子供が帰らないまま、庭先でじゃれあって遊んでいる。

これはどういうことなのかと、つねが怪訝に思っていると、剛三が子供らに、

「お前らの新しいおっ母ちゃんだ。上がって挨拶しろ」

と大声を出した。

次々と、小さい子供たちが縁側から座敷に上がってきた。

どの子も痩せてすすけた顔をしており、鼻水をたらしているのもいる。着物は汚れ、破れも目立っていた。末娘はまだオムツがとれていない様子で、姉たちの後ろから顔を覗かせた。

なみは自分たちを取り巻き、ジロジロ見回す子供たちに恐れをなしてか、

「おっ母ちゃん、帰ろう、帰ろう」

としきりにつねの着物の裾を引いた。

「話が違う」つねは後悔した。

二十三歳になったばかりの女が、突然、夫と舅と、自分の子供を含めた、七人の子持ちとなって、一家の面倒を見るというのはどう考えても無理だ。とうていできるとは思えない。十分確かめずに話に乗ってしまった自分が馬鹿だった。

晩には汁と新香を添えた麦飯が出されたが、空腹であっても箸は進まなかった。

その夜、つねはなみを抱いて、剛三に背を向けたまま横になった。寝床の中でまんじりともしないまま、夜が明けるのを待った。

鶏の声が聞こえだす頃、荷物を抱え、なみを負ってそっと門を出た。

十一月も終わりの朝は寒い。

まだ寝ているなみが寝ぼけ声を出さないように、気を払いながら道を急いだ。

実家に戻ったところで、その後どうするのか何の見通しもない。親たちは、すぐ戻ってきた娘になんというだろうか。

幼児を抱え、仕事に出るにも無理があるだろう。あれこれ考えながらいると、足取りは次第に重くなった。

村の入り口に立つ、三本松まで来た時だった。朝もやの漂う遠くから声が聞えた。

「おーい」「おーい」

息を切らしながら、剛三が二人を追いかけてきた。

剛三に懇願され、本庄の家に戻ることになったつねは、覚悟を決めたかのように若さに任せ働きだした。

女手が加わったことで、家の中に少しずつ変化がもたらされた。

野生児のようだった子供たちも、伸ばしきりだった髪の毛を切り、破れた着物につぎを当ててもらい、こざっぱりとした風体になっていった。

つねはこの家に慣れてくると、どの子にもずけずけとものを言い、言うことを聞かないと大声で叱った。

年長の子供らがつねに口答えした時は、剛三が側に寄っていって、

「おっ母ちゃんに逆らうな」

と頭をはたいた。

剛三は一緒に生活していく中で、年は若いが裏表のないつねの率直な人柄に、次第に信頼を寄せるようになっていったのである。

その一方、隣組の防火演習で、周囲の者たちを怒鳴り散らす隊長の男に、つねが夜陰に紛れてバケツの水を後ろからぶっ掛け、「誰だ、やったのは！」と怒鳴

られても、知らん振りをしているような剛毅な面にはハラハラさせられた。

「だってよう、自分はえばりくさって、皆を顎でこき使っているんだから、ホント肝がいったよ（腹が立ったよ）」

つねが一番気を遣っていたのは、家族から「へんこさん」と呼ばれている舅の忠助だった。

早くに妻と死別し、跡継ぎの娘も子供たちを残して亡くなるという境遇にあって、誰にも笑顔を見せることがない、寡黙な彼の心の奥底をうかがうのは難しかった。

家族ともあまり話をすることもなく、気に食わないことがあると突然、足を踏み鳴らして大声でわめきだす、偏屈者の彼には孫たちも近寄ろうとしなかった。妻に先立たれた後の剛三の苦労は、さぞかし大変であったろうと思われた。

農作業や大家族の面倒を見るのに多忙なつねは、隠居部屋にこもりがちな忠助のところに出向き、恐る恐る飯炊きと、剛三と結婚して間もなく生まれた信吾の子守を頼みにいった。

忠助の仏頂面はそのままだったが、意外にも、純真無垢な赤子の子守役は彼に心が和むひとときを与えた。いつも怖い顔をしている忠助の笑った顔を、つねは初めて見たのだった。

忠助が心の支えとしていたのは、富士信仰であった。

この地域には昔からの民間信仰が根付いており、忠助は同好の仲間と定期的に集まっては神棚の前で呪文を唱え、寒中であっても井戸端で水ごりをするなど、修験道に熱心に取り組んでいた。

集落には、修業を積んだという拝み屋と呼ばれる総髪の男性もいて、祈祷や占いを行い、人々の悩みの相談に乗っていた。

*

〝オライのネコと、隣のネコがスルスを引くよ。どっこいしょ、どっこいしょ〟

スルスとは籾摺りのこと。つねは自作の歌に、勝手な調子をつけて歌った。

剛三とつねが、脱穀や精米の事業を始めたのは戦後間もない時期である。

一家は、時折頼まれる剛三の大工の賃仕事と、わずかな畑と小作地だけでは、食べていくのもやっとだった。

子供たちは、田んぼでドジョウやタニシを捕まえたり、夜、カンテラをつけてウナギをかきにいったりした。娘たちは、春になるとセリやワラビを採りに、秋は連れだって、キノコ狩りに山へ出かけた。

戦争が終わった後も、育ち盛りの大勢の子供たちを抱えて、生活は苦しさを増すばかりであった。

都市住民による、戦前から続く農産物の買い出しは、終戦後には食糧難が更に厳しいものとなり、彼等は汽車に乗り、大挙してこの地方にやって来た。

その一方、地方からも農産物などのヤミ物資を背負って、東京方面に出ていく者が大勢いた。

こうした世情にあって、剛三とつねは借金をして中古の機械を買い入れ、精米所を始めた。

近隣の農家の脱穀や精米を行うだけでなく、駅に近い本庄家の立地は、「担ぎ屋」と呼ばれた、ヤミ米を都市へと運搬する人々の格好の拠点になっていったのである。

彼等は朝早く精米された米袋を担いで駅に向かい、午後遅く戻ると、本庄の家に寄って一服してから家路につくのだった。

その頃、つねは懇意にしていた近所の山内医院の院長から、政府が始める、農地改革についての話を教えられた。

「つねさん、今度、政府が行う農地改革についての話、聞いてるかい？」

農地改革は戦後間もなく、連合国軍総司令部（GHQ）の指令のもと、地主制度の解体と、自作農の創出を狙って進められた、農政改革である。

早速、つねは剛三にもその話をしたのだが、今まで小作地を貸してくれた地主たちに遠慮し、話をつけにいくのを彼は渋った。

だが、つねはひるまなかった。

農家の嫁が一人で地主の家々に出向き、交渉を行ったのである。

「小豆一升の値段で、田圃一反」

信じられない様な安い相場で、農地が手に入った。

つねは意気揚々と家に戻り、剛三に報告した。剛三は、器量が悪いが度胸のある、若い女房を改めて見直した。

ヤミ米の精米を中心とする収入は、次々と田畑の買収資金となった。精米の、新しい機械も買い入れた。つねの胴巻きには現金がしまわれ、その上からモンペの紐をしっかりしばっていた。

田畑が増えた分、労働は厳しくなった。

つねは近所に出来た落花生工場の皮むき仕事も請負って、夜なべ仕事にしていた。

二人の助けとなったのは、成長した子供たちである。

田植えや稲刈りなどの農繁期には、忠助を留守役にして、家族揃って農作業に精を出した。

本庄家の台所は、外仕事から帰っても土足のまま食事ができるよう、かまどながある土間に長テーブルを設置し、ベンチが置かれていた。

全員が一度に座りきれず、立ったまま食事をする者もいた。飯時に、近所に住む健一がやってきて、

「なんだ、この家は。ゆっくり飯を食うこともできんのかい」

と茶化すと、口々に、

「いやあ、このほうが胃の中に真っ直ぐ通っていぐ（いく）から、消化によかっぺ」

と笑いながら、言い訳をしていた。

食事の後は、ラジオから「ひるのいこい」のテーマ音楽が流れるなか、それぞれが座敷や板の間にマグロのように横になって昼寝をし、疲れをとっていた。

＊

三十代となったつねは、しだいにでっぷりとした体型に変わっていった。

家の中に確固とした立場を築いただけでなく、町内会や、若い母親たちの集まりである御子安講などにも出向き、存在感が目立っていた。

悪さをする近所の子供も、躊躇《ちゅうちょ》なく大声で叱って、恐れられた。

その一方、夫が戦死して幼児を抱え生活に困っている女には、古着や、畑で採れた野菜を気前よく分けてあげる度量の広さを見せ、内風呂にも入れてあげた。

「貧乏している時は、誰でも頼りなってよ」

つねのあけすけな物言いも、皆から笑って受け止められていた。

時折出かける大通り商店街にも顔が利くようになり、店の奥の小上がりには大声で話し、茶をご馳走になるつねの姿が見られた。


安定した生活の目途がついてきたつねにとって、悩みは、剛三と一緒になってから生まれた信吾が病弱だったことだ。

山内先生は、信吾の胸に聴診器をあて、

「心臓に雑音がある」

と告げた。

以来、つねは彼の身体に悪影響が出ないよう、兄姉たちに、

「信吾に、肝を揉ませるなよ」

と厳重に言い渡した。

信吾は不快なことがあるとこめかみに青筋がたち、顔面蒼白となって体を震わせた。

つねは、兄姉がちょっかいを出したり乱暴したりしないか気を配り、彼だけには鮭の切り身など、栄養のあるものを食べさせた。

「ちょっと、味見させてくんな」

腹をすかせている兄姉たちが、その周りを取り囲み、指をくわえて欲しがってみても、分けてやることはなかった。


千津が生まれたのは終戦後、間もなくだった。

千津という名前は、つねが拝み屋の所に出向き、相談して名付けた。

兄姉たちは戦時中に警報が鳴るなか、つねが大きな腹を抱え防空壕に入るのを見て、

「おっ母ちゃん、赤ん坊はもういいんねぇよ」

と言った。

しかし、つねは信吾に万一のことがあったらと考え、剛三との間に生まれる子供を産むのを躊躇しなかった。

剛三の先妻が、ホオズキの根っ子を使った堕胎に失敗し、病原菌が原因で、高

熱に苦しみながら死んでいったという話も、聞いていた。

とはいえ、一家の財布を握り忙しく働いていたつねは、生まれてきた赤ん坊に乳をやるくらいで、おむつの替えや、泣くのをあやすなどの面倒は専ら兄姉たちの役目だった。

なかでも、長兄の徳一は、

「チーちゃん、チーちゃん」

と呼び、千津を可愛がった。

ハイハイをして動き回るようになると、徳一は柱にもたれ、足をあぐらに組む中に彼女を座らせた。

そこが彼女の定位置となり、歌が好きな徳一が唄う、「ラバウル小唄」や「パラオ恋しや」等々の戦時歌謡、あるいは「旅傘道中」「大利根月夜」等の股旅演歌が、彼女にとっての子守唄であった。

千津は長福寺が経営する幼稚園に、三年間通った。

忙しい一家にとっては、子供の面倒を見る手間を省くことができた。

彼女はそこで覚えた童謡や遊戯を、毎晩のように、家族の集まる座敷で台の上に乗って披露した。

兄姉たちは笑い、手を叩いてはやし立てた。千津は、ラジオから流れる、小鳩くるみや松島トモ子たち童謡歌手に憧れ、まねをした。

大勢の兄姉たちから、何やかやと世話をやいてもらっていたので、年長組となった千津のところに、年少の女の子たちが、

「お姉ちゃん」

と親しげに寄って来ても、どう接していいのかわからずに戸惑い、家でも客が来るとすぐに奥の部屋に隠れてしまう、おぢくそ（臆病）な子供であった。

子供の四季は、地域の行事とともに記憶される。

春は、長福寺の甘茶祭りから始まった。

三々五々集落にやってくる、遍路たちのお接待にと各家が用意した、人参と油揚げを炊き込んだ混ぜご飯のおむすびや、あんでくるんだぼた餅は、家族にとっても楽しみであった。

安産子育ての浅間様の祭礼では、千津は夏の早朝に浴衣を着て、兄姉や、近所の子供たちと連れだって、はだしで神社まで歩いて行き、お祓いを受けた。七夕の時は、剛三が真菰《まこも》を河原から刈ってきて二頭の馬をこしらえ、軒先に立てた竹飾りの下につないだ。

お盆になるとミソハギや、きゅうりやなすを刻んだものを墓前にお供えし、先祖の魂が家に戻る目印になるよう、どの家でも門口でわらを燃やした。

小正月は、紅白の団子を木の枝先に刺し、繭玉飾りを作った。かつて盛んだった養蚕の名残を伝えるもので、今では見かけることもなくなった。

千津が小学校に上がって間もなく、剛三は娘と一緒に風呂に入ると、それまでの百までの数の読み上げに代わり、かけ算九九を順番に教えて暗唱させた。

つねは「ただいま」と学校から帰った千津に毎日、十円玉を胴巻きから出して与えた。

近所に、小遣いを親からもらえる子供があまりいない中、巡回の紙芝居や駄菓子屋で買い食いをしている千津のことで、東京から親戚を頼ってこの町に疎開していた、同級生の和子の母親が意見を言ってきたことがあった。

しかし、つねは取り合わなかった。

「学校で、勉強を頑張っている娘に褒美をあげて何が悪い」というのがつねの考えだった。そこには努力を金や物で計ろうとする価値観がみられた。

兄姉たちは雨の日や農閑期には、千津をよく映画館に連れて行った。

町には富士シネマと松竹座の二つの映画館があり、二本立て、三本立ての映画を見ようと人々でにぎわっていた。

スクリーン前のエプロンステージでは、歌手やバンドの実演もあった。

「夜のプラットフォーム」を歌う淡谷のり子の、見慣れない、つけまつげやアイシャドーで化粧した顔を気味悪がり、千津は徳一の首にしがみついた。

子供には、美空ひばりや中村錦之助が出てくる、チャンバラ映画が人気だった。

松竹の木下恵介監督の、「二十四の瞳」や「喜びも悲しみも幾歳月」は、町の人たちの評判を呼んだ。

テレビ放送が始まると、町でも数軒の家と大通り商店街の一部の店が、いち早くテレビを設置した。

扉がついた仰々しいもので、放送時間も限られていた。

力道山のプロレスが人気を博し、徳一は千津をテレビが置いてある横山食堂へ、中継を見に連れ出した。

店内は人いきれがするほどの混雑だった。力道山が、外人レスラーに痛めつけられ負けそうになる寸前、空手チョップで反撃に転じダウンを奪うと、皆快哉を叫び、手をたたいた。

つねは、毎晩のように出かける徳一に、

「千津の面倒を見るといったら仕事をさぼれるからな」

と嫌味を言った。

この横山食堂は、千津の二歳年上の民子の家で、町では珍しくキリスト教を信仰しており、千津も彼女に誘われ、近所の子供たちと教会に行ったことがあった。日曜学校の牧師の説教は難しく、彼女の心には響かなかったが、「いつくしみ深き」や「主よみもとに近づかん」などの賛美歌、クリスマス会などは、千津の日常の世界と異質で、興味を持った。

色白の若い男の牧師は、この街にキリスト教を広めようと熱心に活動し、子供たちにも屋根の先端に十字架がのった、新しくできる教会の図面を見せてくれた。そんなある日、教会に出入りするようになった男が、建築資金を詐取して逃亡するという事件が起きた。

犯人の男は捕まったが、若い牧師は責任を取る形で、他へと転勤させられた。これは、千津が世の中には悪いことをする人がいるということを知った、初めての出来事だった。

この事件は「牧師さん、騙される」と新聞に報道され、つねは、

「この牧師は一つのことに目が行って、周りを見ていなかったんだな。人は捨て目をきかせていなければなんねい（ならない）だよ」

と言った。

捨て目を使えとは、周りの状況を把握せよという意味の、彼女がそれまでの経験から得た人生訓であった。

つね自身は毎朝仏壇に向かい、「南無大師遍照金剛」を唱えることを日課にしていた。

その後、キリスト教信者だった民子の店は、家々にテレビが普及していくに伴い客足が途絶えていき、店を閉めて町から出て行った。

つねは一見、子供の面倒を見ないで放任しているかのようであったが、時々思い切った行動にでた。

突然、「この子は疳《かん》が強いから」と言い出して、遊んでいる千津を捕まえ、太った体で上から乗って押さえつけ、足の小指にお灸をすえた。

着せ替え人形や、ままごとの道具などを広げたままにしていると、大変なことになった。

「ぐじゃまんかいにするな（散らかすな）」

という言葉より先に、道具などは縁先に放り出された。

千津が駄々をこね、登校するのを嫌がった時は、泣きわめくのも構わず、柱を掴んだ指の一本一本を離し、手を引っ張り学校へ連れて行った。

この強烈な体験に懲りて、彼女が、「学校に行きたくない」と言い出すことは二度となかった。

「この子は本当に丈夫で、今まで全く病気しねいですよ」

つねは、風邪で寝込んでいる千津の往診に来た山内先生に、毎回、同じ言葉を使った。

年に一、二度は、熱を出すことがあったから、その話を聞いていて、子供心におかしいなと思った。

二、三日して熱が下がると、滋養をつけさせようと、蕎麦屋から鍋焼きうどんの出前をとってくれた。

確かに彼女は兄の信吾と違い、丈夫だった。

近所の子供らと長福寺の裏山を駆け回り、古物商の廃品置き場を遊び場にしていても、大きな病気や怪我をすることもなかった。

ある時期から、小学校の廊下の一角に本棚が並べられ、自由に本が借りられるようになった。

家では正月のお年玉として、小学生向けの雑誌を一冊買ってもらえるだけだったから、千津はすっかり読書に夢中になった。

明智小五郎やシャーロックホームズの探偵物、「巌窟王」から「シートン動物記」「ファーブル昆虫記」更に「赤毛のアン」や「ああ無情」といった少年少女向けの文学全集へと、読書範囲が広がっていった。

家で取っていた新聞の、漢字に読み仮名が付いていた連載小説も読み出して、健一から、

「なんだこのガキは、ませてるな」

と言われた。

信吾の本棚から、吉川英治の「三国志」を借りて読み、歴史物の面白さも知った。

漫画も大好きだったが、勉強の役に立たないと家では買ってもらえなかった。

ある日、少女漫画を友達に借りて、授業中に隠れて読んでいたのが担任に見つかった。

「あなたってそういう人だったのね」

千津から本を取り上げた先生は、みんなの前で冷たく言った。

「そういう人」とは、つまり「お前はずるい奴、ってことだ」と、心に響いた。

好きだった担任の先生からの一言は、彼女の心に深く刺さり、その後、漫画と

は距離をおくようになった。

ラジオも、千津の楽しみの世界となった。神棚の脇に置かれたラジオのスイッチに、踏み台に乗れば手が届くようになると、歌謡曲はもちろん、流れてくるアメリカ音楽にも興味を持つようになった。

大人たちが好んで聞いていた、落語や浪曲、講談も一緒に聞いているうちに、その内容が十分理解できなくても、何となく面白みが感じとれるようになってきた。

外仕事から、大人たちが家の中に戻ってくるまでの時間が、千津が一人で自由に過ごす至福の時間であった。

好きな本を読んでその話の中に没入し、空想の輪を広げた。音楽を聴いてその空間に漂い、時には音に合わせて無手勝流にダンスを踊った。

大家族の中で暮らし、遠慮会釈ない仕事に疲れた家族の素の言葉が飛び交う中で、ゆったりと好きな世界に浸っていられることが、彼女には心地よかったのである。

「もはや戦後ではない」

海鳴りの音が、町なかまで届かなくなったのは、いつからだろう。周辺の町村が合併して、つくも市と変わった頃だろうか。

市制の発足を祝い、小学生が動員され、町中で盛大にパレードが行われた。大通り商店街には有線放送が設置され、日中、「新雪」や「鈴懸の径」などの歌謡曲が流れていた。自動車の往来が増えてきて、町全体が、大きな騒音のうねりを出すようになってきていた。

「もはや戦後ではない」と言われるようになり、地方にも、「神武景気」と呼ばれる経済成長の波が及んで、冷蔵庫や洗濯機等、電化製品が徐々に普及し始め、人々の暮らしにも、変化が見られるようになっていた。

本庄の家では、この頃、次々と事件がおこっていた。

次男の英二と、富士シネマで働く女との噂が、剛三の耳に届いた。

相手は、英二より十歳以上も年上の、二人の子持ちの戦争未亡人である。

英二は若年であっても、誰に対しても物怖じせずに接する、豪胆なところがあった。

二人が親密だという話を近所の人から聞かされたつねは、早速、剛三の傍らに行き、耳打ちをした。

剛三は烈火のごとく怒った。英二を問い詰めて事実だと確認すると、いきなり彼を殴った。

英二も黙っていない。激しい言い争いが起こり、剛三は、

「勘当だ。出ていけ」

と怒鳴った。

しばらくの間、父と息子は悶着した挙句、英二は町はずれにある女の家へと飛

び出ていった。

次女のヤスはのんびりした性分で、長女のシゲが結婚し家を出た後は、弟妹たちの面倒も見ながら、家事や農作業に励んでいた。

そのヤスに、浜の網元の長男との縁談がもたらされた。

父親に言われて、相手の男と見合いはしたものの、ヤスは、

「嫁に行くのは嫌だ。このまま家に居るのがいい」

と結婚するのを拒んだ。

しかし、剛三は
「年頃になったら、女は嫁に行くもんだ。こんないい話を断ることはない」

と彼女の言い分を聞かず、縁談を進めた。

ヤスは、泣く泣く嫁いでいった。

一年半後、ヤスは生まれたばかりの赤ん坊を抱いて婚家から出戻り、その後は周りがどんなに説得しても、戻ろうとしなかった。

剛三も最後は、あきらめるしかなかった。

千津は子供ながらに、「結婚って、女の人が誰でも望むものではないんだな。大人になるってことはいろいろ大変なんだな」と思った。

剛三は、幕末に農業組合創設を唱えた、大原幽学の影響を受けた村落が出身地である。

幽学は、勤勉実直、質素倹約等を教えた農民指導者でもあった。

彼の死後も、その教えは脈々と地域に受け継がれていた。

明治末期に生まれた剛三は、自分が思いたったら、それをあくまで貫き通そうとする頑固な面があった。

尋常小学校を出ただけであったが、勉学にも常に意欲を持ち続けていた。

生家は子沢山で、三男坊だった剛三は学校を終えると大工の丁稚に出され、成人すると今度は婿に行かされた。

人間にとって人としての道を守り、コツコツ真面目に働くことが大切なことであり、子供が親の言うことに従うのは当然、という価値観の持ち主であった。

三男の洋平は目端がきいて、学校の成績も良かった。

中学卒業後は家業を手伝っていたが、親戚筋の、国鉄で機関士をしている義春の話が彼の関心をひいた。

「洋ちゃんよう、国鉄はいいぞ。鉄道輸送は、これからの国の発展に欠かせないものだからな。

俺たちの仲間はみんな団結力があってさ。昼休みには野球をやって、仕事が終われば、風呂に入り、みんなで酒盛りやるんだ。給料は安いが、楽しく働いているよ」

自分の将来を考えていた洋平は、この話に興味をひかれた。折しも国鉄では職員を募集しており、彼は応募することを決めた。

しかし、それは実現しなかった。

英二が家を出てしまい、働き手が少なくなることを懸念した剛三が、

「家の仕事を手伝っていろ」

と、外に勤めに出ることを許さなかったのである。

ふてくされた洋平の不満のはけ口は、パチンコや麻雀に向けられていくことに

なった。

養女のなみは自分ひとり、兄姉たちと血がつながっていないという疎外感を、小さい頃から感じて育ってきた。

甘えたい母親は、信吾にかまけ、自分には目を向けてくれなかった。

彼女の抑圧された気持ちは、中学生になると、鬱憤《うっぷん》として発散されるようになった。

「うるせい、てめい」

女親分として他の女子を従え、校内を闊歩し、周囲から恐れられるようになった。

そのグループの中にはスミも入っていた。家で面白くないことがあると、時にはそのはらいせに仲間に陰で指示を出し、スミに暴力を向けさせることもあった。

剛三は以前から、将来、なみと長男の徳一を結婚させようと考えていた。

中学校でのなみの振る舞いに気をもんだ剛三は、彼女を落ち着かせるにはその話を早めた方がよいと考えるようになった。

剛三はなみを座らせ、話を切り出した。

「お前、徳一のこと、どう思っている?」

そう言われても、なんと答えていいか、なみには見当がつかなかった。義兄は義兄である。

「中学を卒業してからの話になるが、どうだ、徳一と一緒になるというのは?」

なみは驚愕し、即座に拒否した。

「そんなのいやだ、あんちゃんとは一緒になれねえ」

徳一を異性として意識したことは、一度もなかった。彫りの深い顔立ちだが、労働で真っ黒に日焼けし、厳つい徳一は、彼女が憧れる銀幕のスターとは大違いだった。

それに徳一だって、コテをあて髪にウェーブをつけている、不良の自分を良いとは思っていないだろう。

つねにも訴えた。

「母ちゃんからも、義父ちゃんに言ってよ」

「うん、そうだなあ」

つねは、今まで兄と呼んでいた人と結婚させられる、なみの困惑する気持ちはわかるものの、この剛三の目論見が、自分の老後を考えてくれてのことだと思うと、一概に無下にすることもできないのであった。

なみの、学校での傍若無人な行動は、ますます激しくなった。

一緒に暮らすスミは、これから結婚相手を選ぶことができる。養女の自分は、そんな自由もゆるされないのか。憤懣ばかり高まっていった。

そして卒業が近づいた三月、彼女はつねの姉が嫁いでいた県内の稲倉町へと、家出を決行した。

秋祭りの際、伯母が息子の幸作を連れて本庄の家に挨拶に来て以来、なみは二つ年上のこの従兄のことが、ずっと気になっていたのである。

スミは中学卒業後、嫁入り修行の一つとして洋裁学校に入った。彼女の望みは、労働のきつい農家には嫁ぎたくない、というものだった。

近所の健一を慕っていたが、相手は結婚相手として、彼女をみてはくれなかった。

一度剛三と共に、長女のシゲの嫁ぎ先に、用事があって出向いたことがあった。田舎の家と比べ、狭いアパートの一室に親子四人で慎ましく暮らしていたのだが、そこで垣間見た都市のサラリーマンの生活は、彼女にとって憧れとなった。

ある日、スミが家に戻らないという事件が起きた。

家族で行方を捜していると、彼女が、洋裁学校に出入りしている男と一緒にいるところを見た、という目撃談が出てきた。

その後、警察にも届け出をしたが、一向に手掛かりは見つからなかった。

皆で手分けして捜すうちに、

「スミちゃんが上りの列車に乗っていて、デッキで、一人で外を眺めていたのを見たよ。声を掛けると『家の者に黙っていてくれ』と頼まれた」

という、知り合いからの情報がもたらされた。

その翌日、彼女は一人で家に戻ってきた。

「心配かけやがって」

剛三は怒ったが、泣きくれるスミを前に、強く詰問することはできなかった。

真実を知るのは、父親として怖かったのである。

腫物に触るように、家中で遠巻きに彼女を見守るしかなかった。

しかし、つねは剛三と二人きりになると、言わずにはいられなかった。

「スミは、普通に嫁にいけるだろうか？」

＊

下りの列車は、長福寺の裏手の第二踏切に差し掛かるカーブで、大きな鋭い警笛を鳴らし続けた後、急停車した。

「飛び込みがあったぞ」

怖いもの見たさで、近所の人たちと一緒に千津も駆けつけた。

人垣の間から覗くと、規制線を張った線路脇に、むしろをかぶせられた死体があった。そこから離れたレールの間には、人差し指をスーと伸ばした手首が転がっていた。

この時代、生活に少し余裕が出てきた人々がいる一方、生活苦を主な理由とした自殺も、多く発生していた。

警察官と国鉄職員が、検分と後始末のため、線路に立ち入っていた。その中に、千津は吉井先生の姿を見つけた。

先生は、駅務員をしながら駅裏の自宅でそろばん塾をやっており、千津も四年生になってから、近所の子供たちと通い始めていた。本庄の家は芸事などを認めないが、学業に役立つものには比較的寛容だった。

先生はヒョイと素手のまま、線路に転がっていた手首を拾い上げた。

それを見ていた千津は、

「やだー、気持ち悪い。絶対、吉井先生の手には触られたくない」

と叫んだ。その声は先生には届かなかったようだった。

塾には、放課後に近隣の小中学生が続々とやってきて、長机を並べた部屋で、珠算の練習に取り組んでいた。

ある日、塾が始まる前、道路端で千津が女の子たちと石蹴りをして遊んでいると、年長の男の子たちが自分たちの方を見て、笑いながら話をしていることに気がついた。

その後も千津が一人でいる時や、先生に指名されて答えている時に互いをつつき、合図を交わしニヤニヤしていた。

明らかに自分が、彼らの関心の対象になっているとわかった。

ある時は、どこで手に入れてきたものなのか、学校の文集に載っていた千津の詩を大きな声で読みだした。

〝春　早く来い　スミレやタンポポ　たくさんの花々を咲かせに
春　早く来い　水色の空にチョウチョがひらひら　小鳥のさえずりを聞かせに〟

「いやだなあ」と思いつつ、それからはその二人のことが気になり、彼らの存在を意識しないではいられなくなった。そして、なぜか二人を見ると胸がドキドキするようになっていた。

中学生の兄弟がいる友達の話から、背の高い方が笹岡達治、もう一人が叶順一郎という名前であることがわかった。

忠助が亡くなった翌年、徳一に嫁がやってきた。

隣町の農家の長女で、泰子と言った。色白で眼鏡をかけていた。

千津は徳一の嫁を「あねさん」と呼んで、すぐに懐いた。

この地方では、嫁は家の終い風呂に入ることが当たり前、とされていた。

家事を一通り済ませ、他の家族が風呂に入り終わるのを待つ間、泰子は繕い仕事を広げながら、昼間の疲れからいつも居眠りをしていた。

五年になった初夏のある日、その泰子が突然、始業前の教室にやって来た。

「千津ちゃん、ちょっと」

と手招きをし、自転車の後ろに彼女を乗せて、家に連れ帰った。

朝、たらいで洗濯をしていたつねが、千津の下着に赤いものを見つけたのだった。

つねが、手当の仕方を教えている最中も、千津は自分が「女である」という宣告を突然突きつけられた状態に、戸惑っていた。

「月のもの」

家の女たちが話をしているのを耳にはしていた。つねが部屋の隅で、変な仕草をしているのを目にしたこともあった。

でもそれが、女に毎月訪れる生理現象であると、きちんと教えられていなかった。何の心構えもなかった。

授業に間に合うよう急いで学校に戻り、何事もなかったかのように振る舞ってはいたが、勉強の内容はさっぱり頭に入ってこなかった。

自分はもう、昨日までの自分とは違う人間になってしまったのか、仲良しの友達はどうなのか、どうしているのか、気になって仕方なかった。

でもこのことを、周りに自分から聞いてみることはできなかった。女として自分は、一歩前に踏み出てしまったという戸惑いがあった。

それからというもの、つねは千津がわがままを言い、言われたことを守らないでいると、「一人前の女になったくせに」と喚《わめ》いた。

男の兄弟たちにも聞こえるような大きい声で騒がれ、千津はショックを受けた。そして無神経な振る舞いをする、つねのことが嫌いになっていった。

小学校の高学年用の便所で、ちょっとした事件が起こった。

男女共用の、汲み取り便所で、「下から赤い手が見えている」と一人の男子が言い出し子供たちが集まって騒ぎだした。

それを聞きつけた先生たちが、便所まで来て、調べて回った。

「何なの、一体」

「怖いよ、もうここの便所に入れないよ」

という子供たちの訴えに、先生たちは目で合図を交わしながら、

「大丈夫だよ、何でもないから」

と言って、出て行った。

その場に残っていた子供たちは、訳がわからないまま互いに顔を見合わせた。

＊

千津は、中学生になった。ずっと小学校の六年間は長い、と感じていた。

周りは小学校からの顔馴染みで、あこがれた学び舎は戦前の兵舎を転用した古い木造で、雨が降ると教室は明かりをつけても薄暗く、壁や廊下には穴があいて

いた。

それでも、リボンを胸前に結んだ標準服を着、それまでの下駄に代わって、白い運動靴を履いて登校するのは少し大人になったと感じられ、スキップしたい気分になった。

担任は佐藤源四郎という名前の年配の男性で、数学を担当していた。

学校では軍隊帰りの、見るからに強面の男性教員が、生意気盛りの生徒たちに睨みを利かせ、問題を起こした生徒には容赦ない指導をしていた。

だが佐藤先生は温厚な性格で、怒った時は怖いが、生徒たちによく目を配っていた。昼休みには、クラス全員で流行りのフラフープや縄跳びをして遊んだ。

先生は音楽の趣味があり、朝の学級の時間には自らオルガンを弾いて、「ともしび」や「カチューシャ」などのロシア民謡、「夏の思い出」「あざみの歌」といったラジオ歌謡を教え、みんなに歌わせた。その叙情的な歌詞は、生徒たちに、歌の情景を想像する楽しさを味わわせた。

この頃、千津の内面は、自分ではコントロールすることができない意識に支配されるようになっていた。

朝、ヒバリがさえずる畑道を登校する際、列車の汽笛が聞こえてくると、彼女は伸びてきた麦穂の陰に急いで隠れ、列車が通りすぎていくのを待った。汽車に乗っている人たちから、自分が見られていると思い、恥ずかしかったのである。汽車には高校生となっている、塾で一緒だったあの男子たちも乗っているはずだから。

通学中のひとりの女の子を、列車の乗客たちが注目し、見ているはずなどないだろう。学校に遅刻してしまうかも知れないのに、麦畑で隠れているなんて誰にも言えない。皆がこの行動を知ったら、「変な子」と思うに違いなかった。

自分でも、「何やっているのだ」と思いつつ、千津は自身の行動をどうすることもできないのであった。

後年、大学で児童文学の授業を受けた際、教授が子供の視点を示す例として、アンデルセンが書いた物語を取り上げたことがあった。

「ある少年が、町で一番高い塔に初めて上った。そこから町を見下ろして、興奮した少年は叫んだ。『すごいぞ、町の人が、みんな僕のほうを見ている』と」

この例話を聞きながら、千津は少年の姿に、かつての自分を見つけたかのように重ねていた。

いつも大声で話し、相手の気持ちを考えない母親のことも恥ずかしく思っていた。つねは、千津がぐずぐずしていると、

「てばてばしな(早くしな)」

と、いつもせかした。

町内で集まりがあった後、女や子供たちで食堂に出かけたことがあった。幹事役のつねが、みんなの注文を取りまとめていた。

「何にする？　おめえも支那そばでいいか」

と千津にも問いかけた。迷いながら千津が、

「ラーメンがいい」

と答えると、イライラしていたつねは、

「ラーメンも支那そばも同じだ！」

と、大きな声で言った。

周りにいた者がどっと笑った。千津は、その場から消えてしまいたい気持ちに

かられた。

大通り商店街で、母親の姿を見かけた時は、急いで身を隠すようになった。そして何より、自分自身のことが気に入らず嫌だった。毎日、鏡の前でいろんな表情をしてみる。笑った顔、プンとした顔、どういう角度なら可愛く見えるのか。だがどうやってみても、吹き出物が目立ってきた顔に満足することはできなかった。

少女から大人へと、身体が成長するのに伴い顔の輪郭も少しずつ変化を見せ、ふっくらと柔らかだった頬が落ちて、二重の眼が目立っていた。

姉のスミは、千津を正面から見すえて、「へんてこりんな顔」と言った。


教室の中庭を挟んだ反対側には、運動部の部室があった。野球が大人気で、対外試合がある時は全校生徒で応援に出かけた。

同級生の保の兄は、投手で四番打者であり、女子の憧れの的だった。

休み時間になると、女の子たちはおしゃべりしながらさりげなく、部員たちが上半身裸になり着替えをしている野球部の部室をうかがっていた。

毎日がふわふわした気分で、千津は授業に身が入らなかった。小学校の時は、特に復習しなくても、それなりの成績をとることができたが、中学ではそうはいかなかった。

数学の授業で、指名されて立ったものの、「えーとですね」とごまかし、周りを見回しながら答えを引き延ばしていると、

「できねえくせに、なに格好つけているんだよ」

と、前の席に座る庄一がイライラした大声を出した。

千津は虚を突かれて、ハッとなった。こんな反応は予想していなかった。先生に促され着席したが、クラス全員の前で頭が悪いと指摘され、恥ずかしさに顔を赤くし唇をかんだ。

中学に入って、勉強に真面目に取り組んでいなかったが、自分なりのプライドだけは持ち合わせていたのである。

勉強ができないということは、情けなくみっともないことだと、はっきりと自覚させられる出来事だった。

その日の放課後、日直の仕事で一人、教室に残っていると、佐藤先生が顔を出

した。

「おい、千津、数学のノート出してみな」

言われるままに、本とノートを広げると、

「今日やった、方程式の問題やってごらん」

と言った。

先生は解答にマル・バツをつけると、間違った箇所の解説をしてくれた。

何問かやっているうちに、落ち着いて順序立てて問題を解いていけば、正解を出すことができるとだんだんわかってきた。

驚いたことに翌日、先生は放課後、スクーターに乗って千津の家までやってきて、また数学の勉強を見てくれたのである。

つねは二人に、カルピスが入ったコップを運んできた。

どういうことだろう、先生は他の生徒の家にも出かけて、勉強を教えているのだろうか。つねが特別に先生に頼んでいたのだろうか。

先生は、それからも週に一、二度、家に立ち寄った。

しかし、千津はそのことを、友達には話さなかった。どうしてなのか、先生にも尋ねなかった。勉強が解ってきてうれしい反面、自分だけ贔屓されているのでないかという、心の負担があったのである。

放課後の、先生の出張指導は三か月ほどで終わった。兄の洋平が、「俺のおばあ(妹)の所に、担任が勉強を教えに来ている」と、麻雀仲間の、中学校の教師に話をしたのであった。

中学校には図書室があり、書棚にはほこりっぽく古びてはいるが、沢山の蔵書が並んでいた。

まだ読んでいない面白そうな本を前にして、千津は、体のしんがゾクッとする、震えるような感覚を味わっていた。

小遣いを貯めては、町の小さな本屋に立ち寄り、「アンネの日記」や「チボー家の人々」「ジャン・クリストフ」等の本を買い求め、自分だけの本が増えるのが楽しみとなった。

読書だけでなく、中学で習い始めた英語や日頃、ラジオで親しんでいるプレスリーやポールアンカなどのアメリカンポップスや、映画などから未知の世界に興味をもつようになり、憧れを抱くようになった。自分もやがていろんな国に行ってみたい、外国の人たちとも話をしてみたいと思った。

中高生の間で流行っていた、文通相手を求める「郵便友の会」に入会して、ニュージーランドの女の子に手紙を書いてみたが、英語力がないため、長続きしなかった。

それでも将来の自分を想像して、夢が膨らんだ。いつかこの小さな町を出て、今とは別の自分になってみたい。

映画やテレビに出てくる東京さえ、一度も行ったことのない千津にとっては異郷の地だった。白煙をなびかせ西へと向かう汽車を眺めては、その進む先には沢山の夢が埋まっているのだと想像した。

両手を顎の下にあてボーとしていると、友達の芳子や茂子がそれを見て、

「千津ちゃんは、ちょっと変わっているね。気取り屋だよね」

と言って、馬鹿にした。

千津が教室を出て、手洗い場のある長廊下を通っていた時だった。隣のクラスの男子が数人たむろしていた。その中の一人が突然、

「おーい千津、常次がお前のこと、好きだってよ」

と呼び止めて、声をかけてきた。

常次は、陸上部に所属する小柄な男子である。すると別の男子が、

「常次より千津の方が、背がでっかいぞ。どうすんだ」

と冷やかした。今度は同じ陸上部の子が、

「なーに、寝てしまえば、そんなのは関係ねえもんな」

と言って、常次に同意を求めた。男子たちはけたたましい声を出して、笑いあった。

千津はびっくりし、急いでその場から駆け出した。

男子ってなんていやらしいのだろう。男子が自分のことを、女としての肉体を見ていたなんて、今まで考えてもみないことだった。身震いする思いでいっぱいになった。

女の子同士で、好きな異性の話をすることはあった。

「千津ちゃんが好きな男子は？」

と聞かれて

「トラック一台分位いるよ」

と答えてあきれられた。

実際、興味のある異性は同学年や先輩の中に、沢山いたのである。小学校からの同級生である、男子を見る意識も変わってきていた。

でもそれは外見などから好ましく思っているだけのことで、他の女の子たちと同様に実際に話すとなると、殊更、ぶっきらぼうな言葉遣いで対応するのだった。

仲良しグループの一人、幸子は男子からラブレターをもらったことを告げて、皆をうらやましがらせたが、

「それでどうした?」

と聞かれると、

「漢字の誤字が多かったから、直して送り返した」

と言って、皆を安心させた。

田舎の学校では女の先輩や周りの目が気になり、男子と自由に会話を楽しむことや、行動にはなかなか至らないのであった。

大人の社会へと踏み出した子供にとって、地域社会の規範からも、影響を受け

ていた。

大人たちの会話の中に、

「あいつは外れ者だから」

という文言が出てくることがあった。

「外れ者」

この地方は江戸時代、旗本などの権力が複層して強固な支配が敷かれなかったため、幕末期には浪人や侠客、博徒などが横行していた。

そうした彼らと一般民衆とを区別する蔑称《べっしょう》として、「外れ者」の名称が定着し、それ以降も共同体の規範から外れた者に対する、有形無形の圧力として残っている言葉であった。

町を歩けば見知っている者が多い地域社会で、突出した振る舞いをしてはならないという目に見えないしがらみが、成長過程の子供にも影響していた。

女の子同士の駆け引きもあった。

芳子の従兄が通っている高校の文化祭に、誘われて行くことになったが、いつも一緒に行動する、仲間の幸子が来ていないことを不思議に思い茂子に聞くと、

「幸子ちゃんは可愛いから、芳子が呼ばなかったんだよ」

と囁いてきた。

高校の文化祭に行けるという楽しみで、気分を高揚させていたが、芳子の企みに気づかされ、屈辱を覚えることになった。

後に、大学生になった当初、それまで共学で過ごしてきたにもかかわらず、

「本庄さんって、女子校出身でしょう?」

と同級生から、言われたことがあった。

それは男性の個性に目をむけず、異性というくくりで見ていた千津の態度が、異様なものと見透かされていたからであった。

女の子同士でひそひそと、体の話をすることもあった。

その後、アンネナプキンが販売されるようになり、生理の時には随分便利になったが、それでも体育の授業などでは、失敗しないよう常に気をつけなければならず、生理は面倒で鬱陶しい以外の何物でもなかった。

自転車に乗って出かけ、サドルが当たった時の股間の感覚は、千津がそれまでに感じたことがないものだった。

中学生になって誰にも言えない、話せないことが増えていた。

その日、千津は学校の裏門を出ると、線路脇の道を一人で帰った。

中学校の生徒たちは普段、広い田圃地帯を横断する、鉄道の線路上を歩いて登下校することが多く、列車が汽笛を鳴らして近づいてきたのがわかると慌てて土手を降りた。

鉄道の枕木には、ここを通る生徒たちが教室から持ち出したチョークを使い、漫画や落書きが沢山書かれてあった。

男子たちから自分が性的な対象として見られたことに傷つき、その事が恥ずかしく、女友達にも言えないまま憤懣やるかたない千津は、彼らに反論すべく、その辺りに落ちていたチョークを拾い、「私が好きなのは叶さん」と枕木に書いた。彼女にとって、それは誰でもよい名前だった。叶たちとはそろばん塾を辞めて以来、町中で出会うこともあまりなかったのだが。

自分の名前は書いてはいない、辺りに中学生の姿を見かけていない、はずだった。ところが翌日には、この落書きの件は、何故か、級友たちの間に知れ渡っていた。何人かの友達から問われて、千津は必死になって否定した。

秋の日差しが眩しい、土曜の午後だった。

一面に広がる、田園の稲穂は黄金に輝き、収穫の時を待っていた。

千津が放課後の部活動を終えて帰る途中、長福寺の墓地の裏手まで来ると、白いワイシャツに黒ズボン姿の長身の学生が一人、自転車を脇に立っているのが見えた。

それが笹岡達治だとわかった途端、一気に胸の鼓動が高まった。

「どうしてここに」

彼の家は、ここから遠い集落のはずだ。

もしかして、あの落書きの件が彼にまで届いたのだろうか。その内容を千津に確かめようとして、ここで待っていたのだろうか。

快活そうで親しみやすい感じの叶順一郎と比べ、達治は物静かなおとなしそうな人、という印象であった。

互いの距離が近づき、達治と目があった。

次の瞬間、相手は何も言わずに突如、自転車にまたがり坂道を下っていった。
千津はそのまま、姿が見えなくなるまで彼を見送っていた。
胸の動悸は、いつまでも収まらなかった。

変容

通りで数人が、生垣や板塀の隙間から本庄の家の中を覗き込み、様子をうかがっていた。

外にまで響く男の怒鳴りあう大声、その喧嘩を止めさせようとしているのか、女たちのかん高い声。

近所の人たちは聞き耳をたて、この家で何事が起こっているのか探ろうとしていた。

取っ組み合っていたのは、剛三と徳一である。長テーブルで酒を飲んでいた徳一が、突然大声を出し、食器を叩き割って暴れ、制止しようとした剛三との間でもめだした。

それは、一度だけですまなかった。それから後、何度も同じことが繰り返されることとなった。

徳一はここ数年、悶々としていた。

妻の泰子の実家では、彼と同い年の長男が家督を譲り受け、仕事に精を出していた。

それに引き換え、自分はどうだ。嫁をもらい四十にもなるのに、親から小遣い程度を渡され甘んじて生活している。仕事は以前から、自分たち若い者たちが中心にやっているというのに。

剛三も六十をとうに過ぎていたが、家の決め事や経済的実権は、彼とつねが握っていた。

父親に似て、実直ではあるが口が重く、自分の思いや考えをうまく表現することが不得手な彼は、酒の力を借りて感情を暴発させたのである。

いつの間にか、近所の人たちからは「喧嘩屋敷」と呼ばれるようになっていた。

家の中は毎日不穏な空気に包まれ、いつ何時、徳一が大声を出して物を壊し、暴れだすか予測できなかった。

家の中にいてその声が聞こえだすと、千津は心臓がドキドキしだした。自分を可愛がってくれた徳一と、父とが争っている。どうしてこうなったのか、自分にはわからないし、どうすることもできない。

家に漂う、ギスギスした雰囲気の影響は、彼女にも及んできた。

中学生になる頃から、千津は、飯炊きや風呂焚きなどを少しずつやるようになっていた。掃き掃除は、潔癖症の信吾の指示で、客が帰るたび、何度もやらされた。

兄姉たちは、千津が少しは家の役に立つようになり重宝するようになったが、言いつけてすぐに動かないと怒った。

この頃、本庄家にもテレビが設置され、千津は面白い番組があると、

「後でやるから」

と言うことが多くなっていた。文句を言われて口答えすると、げんこつが飛んできた。一番しつこかったのが洋平である。逃げるとどこまでも追いかけ回した。

ある時、彼につかまり畳の上に押し倒され、押さえ込まれた。洋平の息が臭った。

そこに丁度、つねが通りかかった。

つねは一瞥すると、

「千津に変なことをしたら、ただでは済まないからな」

すごい形相で彼を睨んだ。その剣幕に洋平は千津から手を離し、慌てて部屋から出て行った。

その後間もなく、洋平に縁談がもちあがり、同じ町内に家を建て、分家させる話が決まった。

それに付随して、剛三が、四男の信吾にも家を持たせると言い出した。信吾は高校を出てから、遠い東葉市まで汽車に乗って通うサラリーマンとなっていた。これは今まで苦労を共にして、家に貢献してきたつねに報いるために、彼女が産んだ信吾にも家を持たせてやりたいという、剛三のたっての願いだった。

しかしこの件は徳一のみならず、他の兄姉たちにも、承服できない思いを巻き起こすことになった。

自分たちは、義務教育を終えるや否やで、家のためにずっと働いてきた。高校にも行かせてもらい、サラリーマンとなった信吾は、何も家の役にたっていないではないか。通勤が大変だという理由で、まだ若いのに家を建ててやるとは、後妻の子供を優遇しすぎている。

この不満の背景には、彼らのつねに対して今まで表立って口に出せなかった、日頃の複雑な思いが含まれていた。

小さい頃から育ててもらったという気持ちはある一方、その代わり、何を言われても言いたいことを抑え、我慢することも多かった。それがおりのようにたまっていた。兄弟たちは互いに、同じ様な思いを感じ合ってきていた。

数日後、この件について、長女のシゲをはじめ、親戚の者たちが招集され、親族会議がもたれることになった。

その結果、家督は徳一夫婦に譲ることと、東葉市に、信吾の家も建てられることが決まった。

この間つねは、剛三の後ろに座り、いつもの強気な言動を抑えて、何を言われても黙ったまま、言い返さないでいた。殊勝にしているその様子は、彼らからはこんな時だけしおらしく見せていると思われ、一層反感をもたれることになった。

その後、本庄の家は洋平と信吾の家を建てるために、今まで持っていた田畑の大半を手放すことになった。

つねにしてみると、大勢の子供を小さい頃から苦労して食べさせてきたのに、成人した今では、彼らが自分のことを父親の後妻や継母という側面でしか見ていない、という思いがあった。

世間的にも、芝居や映画などで、後妻は強欲な意地の悪い女として描かれることが多かった。

同じ集落には、つねと同年配の女性が資産家の後妻になっていたが、後々財産分与の争いが起こるのを避けるため、子供を産むことが許されず、夫亡き今は隠居部屋で跡継ぎの孫の子守りをして、つくねんと過ごしていた。

兄弟たちは、「ぐだまするな（怠けるな）」と、親からこき使われ、家の犠牲にされてきたと言っているが、この自分も若い時から、人の何倍も働いてきたのだ。

剛三とともに、朝から一升飯を炊いて重箱に入れ、新香や梅干しをおかずに、暗くなるまで田んぼや畑で働いてきた。

自分が生んだ信吾に家をもたせてもらうのは、精出して働いてきた自分への当然の報酬、と思っていた。

つねが懇意にしてきた、近所や大通り商店街の女たちの中には、

「つねさんが頑張ってきて、あの家の今があるというのにね」

と、その立場に同情を寄せる者もいたが、つねは既に決意を固めていた。

もうこの家に自分の場所はない、自分がやれることはない、新しい場所で生活をやり直すのだと。


千津もまた、後妻の子という枠組みで兄姉から見られるようになった余波なのか、ある日、ヤスから裏庭に呼び出された。

「お前、まさか高校に進学しようと考えてないだろうな。高校生のお嬢さんのいるお寺と、うちとでは格が違うんだよ」

ヤスは自分の子育てに手がかからなくなり、実家の離れを出て、長福寺の住み込みで働いていた。

「町内の岩田さんちの娘さんは、勉強ができるのに、家計に負担をかけまいと進学するのを止め、就職したのだぞ。お前も家のことをよく考えてみろ」

千津も中学三年になり、進路を決める時期がきていた。

千津は「何、変なことを言い出すのだ。今は勉強したいと思う子供は、高校に進学できる時代になっているんだよ」と言い返そうとしたが、黙っていた。中学を出て、就職しようとは考えていなかった。勉強し、新しい世界が見たかった。そしてこの出来事は、剛三にもつねにも言わなかった。家の中に波風を立ててはならない。何かあってももめごとにならないよう気をつけ、問題は自身で抱え込んでおかなければならない、と。

昭和三十年代半ば頃に、高校へ進学する生徒の数は、クラスの人員の半分位だっただろうか。

普通科進学以外にも、鉱工業振興の時代の動きに合わせて創設された、工業高校を目指す生徒もいた。

五十四人いた千津のクラスでは、家事手伝いや就職希望の生徒が多かったが、先生たちの関心は専ら進学組に向けられ、合格できるよう、夏休みには補習授業が行われた。

学業にのんびりしている生徒たちの競争意識をかき立てようと、個人の成績の学年順位が、印刷物で家庭に配布された。
十四、五の子供にとって受験は大きな関門であった。前年度、校内で優秀とうたわれていた本屋の息子が、公立受験に失敗したことが大きな話題になり、後輩たちに衝撃を与えていた。
つねは千津の受験に関して、

「自分が高校に行きたければ行けばいいし、落ちたら奉公に行くだけの話よ」

と特別、彼女の進学を応援することもなく、無関心を装っていた。後で思えばつねは、娘の学力を確信していたのかもしれない。

前年に健一の弟が使った受験参考書が、箱に入れられて千津に届けられた。千津は、家族が寝静まった深夜、夜食にインスタントラーメンを作ってすすりながら、受験勉強に取り組んだ。

信吾の家が完成すると、つねは独身の彼の面倒を見るという名目をつけて、自分の荷物をまとめ、本庄の家から出て行くことになった。

千津は、母親からおいていかれる不安から、

「いつ戻ってくるの」

と聞いたが、つねは、

「あっちに行きな、今忙しいんだから」

と言って、こわばった顔をしたまま作業の手を動かし続け、千津に取り合わなかった。

信吾は、病弱で生死も危ぶまれた自分を、朝夕神仏に祈り守り育ててくれた母親を、今度は自分が最後まで面倒を見るのだ、という決意を固めていた。

剛三にとっては、老境に入って妻と別居する事態は、予想外であった。

ともに最初の伴侶を亡くし、助け合って戦中、戦後の荒波を乗り越えてきた。頑固な舅と、幼児を含めた六人の子供がいる、中年のやもめ男に嫁いでくれたつねに対し、恩義を忘れたことはない。

世間の常識から外れた言動も多いつねを教え諭し、思うようにいかない時のイライラを、彼女が周囲に当たり散らし、剛三に向かって悪態をついてくる際にも、

「いい加減にしろ」

と怒りながらも、その思いは受け止めてきたつもりだった。

つねがまだ四十代の頃だったか、精米に来た客から
「つねさん、角の与衛門のじいさんに惚れられているんだってな」

と冷やかされた時、思いもよらず、つねが小娘のようにポッと顔を赤らめているのを横目に見ながら、剛三は、自分の女房には色恋沙汰は無縁だ、とばかりに大笑いをして一蹴した。

これも年の離れた女房を、保護者のように見守る気持ちが剛三にあったからであろう。

つねもまた、強気を表に出していても、内面ではいくつになっても彼に甘えた気持ちを持ち続けていた。

剛三が徳一夫婦に家督を譲った後も、つねと一緒に出ていかなかったのは、自分がこの家の戸主である、という自覚があったからである。

従来同様に、朝起きるとまず家屋敷を見回り、氏神様にお参りをした。食事は台所ではなく、ひとり座敷に運ばせて食べ、風呂にも自分が最初に入る生活を続

けた。

徳一夫婦に待望の子供が生まれ、娘たちからは「じい」と呼ばれるようになっても、泰然としていた。

彼にとって、月に一、二度、つねのいる東葉市に出かけることが楽しみになっていた。

一方、徳一は家督を譲られ、つねと信吾が出ていった後も、不平や憤懣が収まらないでいた。

「あいつらめ、あの餓鬼どもめ」

酒を飲んでは、不満が飛び出た。

家業は、彼の思ったように運ばなかったのである。

社会は変化していた。

物資の供給好転に伴い、ヤミ米を運ぶ人も減ってきて、精米で、工場に来る客も減少していた。

米を中心としていた地域の農業は、都市に向けた野菜や園芸、果樹、畜産業などへと手を広げ、周辺にはハウス栽培の施設が出現していた。

後を継ぐ、若い者がサラリーマンとなり、兼業農家が増えてきていた。

本庄の家が売り払った、国道沿いの田畑周辺は次々と埋め立てられ、駐車場を備えた、飲食店や商店が建てられるようになっていた。

郊外の国道沿いには市内の大通り商店街とは別の、新しい商業圏が形成されつつあり、活気があった。地方にも、車社会が到来していた。

自家用にと確保していた本庄家の田畑も、集落の周りに新住民の住宅地が広がっていくのを機に、少しずつ売り払われていくことになった。

そして精米所と農業を続けるには、人手も不足していた。

分家した洋平は、建設会社の下請けで働くようになり、女たちは農業をするのを嫌った。

ある日、精米を頼みに来た客は驚いた。

赤ん坊に乳をやっていた泰子が、そのまま胸をはだけて出てきたのである。

肌の白さと胸が大きいのは彼女の自慢であったが、夏場とはいえあまりの大胆さに、客は彼女から目をそらした。

泰子の思い切ったサービス精神は一時、周辺での好奇な噂にはなったが、集客には結びつかなかった。

年老いた親に暴言暴力をふるっていた息子、という、徳一に対する近所の評判も芳しくなかったのである。

*

千津は、兄の信吾が卒業した高校へと進学した。

同じ中学から進学した生徒の多くは、伝統のある他市の県立高校へ行き、この潮見台高校に進んだのは、数名の男子と千津だけだった。

入学式には剛三が付き添った。普段から会話の少ない父と娘は、黙って丘の上にある高校まで歩いた。

中折れ帽にコートを身につけた剛三は、他の保護者と比べだいぶ年老いてはいるが、背筋が伸びて堂々としていた。

普通科と工業化学科を併設するこの高校は、それまで商業や水産など職業科の学校と女子校だけであった市内に、普通高校の設置を求めた市民の要望を受けて戦後設立されたもので、伝統校に対抗して上級学校進学に力を入れていた。男子生徒が多数を占め、千津のクラスには、女子は七人だけだった。同じ中学出身者とはクラスが別々となり、千津は心細く感じた。

市内の中学校から進学してきた女子は、どの子も利発そうに見えた。笑うとえくぼが可愛い由美子、開業医の娘だという裕子、色白で美人の玲子、読書家の麻子、運動神経抜群の聡美と照子。皆、勉強熱心で真面目な生徒たちであった。

市外から進学した千津は、活発で都会的雰囲気を漂わせる彼女たちに気後れし、その中になかなか溶け込むことができずにいた。

だがその後、学校生活を共にすごす中で、女子同士はしだいに結束するようになった。

昼休み、女子たちは集まっておしゃべりをした。

卒業後についての話題になった時、将来の就職や結婚等を考え、多くが上級学校進学を目指していることがわかり、千津は、兄の母校という親しみから進路を選択していた自分の考えの稚さを痛感した。

入学したこの年から、一年時の芸術科目の選択により、理系、文系へとクラスが割り振られ、美術を選択した千津は国公立大学進学を目指す理系コースに、劣等感をもつことになった。家庭科が女子生徒のみ必修とされ、その時間、男子は体育の授業を受けていることにも納得できなかった。

朝の通学列車には、保たち男子高生の多くは先頭車両に乗り込み、当初は知り合いがいなかったが、そのうち理系クラスで、隣町から通う紀子と話すようになり、通学仲間となった。

髪を三つ編みにした、小柄な紀子もまた、将来薬科大学へ進み、薬剤師になるという目標を抱いていた。

彼女のように目標は具体的でなかったものの、千津は、自分も結婚して家庭を守る主婦だけで終わりたくない、将来職業をもち、自立して自分の人生を切り開いていきたいという願望をもつようになっていた。

配られた教科書を開いて、千津は「現代国語」の口絵の写真に目を奪われた。そこには抜けるような青空を背景にした、イスラム寺院の写真が載っていた。

空の青さと競うような、丸いドームをのせたモザイク模様の建築群。レギスタン広場（サマルカンド）と地名が記されていた。

調べてみるとそこはかつてのシルクロードの交易の中心で、現在はソ連邦の一つ、ウズベキスタン共和国の都市であった。

サマルカンド、なんて素敵な響きだろう。

将来自分はここに行ってみたい、この青い広場に立ってみたいというあこがれが生まれた。しかし、そんな日は、実現することも想像のつかないはるか遠くに思われた。

授業では、中学校で習っていなかった世界史や古文に興味を抱いた。

「徒然草」や「枕草子」で古典を習っているうちに、土地の人たちが、身体のきつい時や雨降りの、鬱陶しい天気の日などによく口にする、「うだでいな」という方言が、古語の「うたてしもな」からきているのでないかと、思いついた。

他にも学んでいるうちに、古語と方言とには似たような言い回しが多い、ということに気づかされた。

高校では隔週に漢字と英単語テストが実施され、名簿に各自の得点が記されて、廊下に掲示された。

定期テストでは、コンクールと称して、学年の成績上位者の名前が張り出されることになっていた。

否応なく、勉強に力を入れざるを得ない仕組みだった。通学の列車の中でも学校への登校時にも、生徒たちの多くは漢字や英単語のメモ帳を手にしていた。

学校生活に慣れてきた頃、担任の大矢先生は、受け持ちクラスの生徒を、自分の下宿先に少人数に分けて招き、懇親の機会を設けた。

「『禁じられた遊び』を君たちは観たかい。あの映画が、訴えたいテーマは何だと思う?」

本棚に囲まれた狭い六畳の部屋で、先生は、下宿の大家から借りてきたという、人数分の湯呑みに、インスタントコーヒーの粉末を入れながら尋ねた。

飲み慣れない茶色い液体は、千津にはあまり美味しいと感じられなかった。

評判の映画についての質問の答えを、生徒たちは互いに顔を見合わせながら考えた。

「幼い子も犠牲になる、戦争の残酷さ」

「子供たちの行いは、神への冒瀆《ぼうとく》かな」

一人ひとり考え出した感想を述べていったが、会話はあまり弾まなかった。みんな教師のお宅を訪問するのは初めてで、緊張していた。会が終わり、下宿の外に出た生徒たちは思わず「ふう」と声を出した。

学年主任の増井先生は古文担当で、千津の所属する新聞委員会の顧問でもあった。

ある時、委員会室で作業をしている彼女に、

「この前のテストで、ごみを捨ててはいけないを、古語を使って表せという問題に、『ごみを捨てるべからず』ではなく、『ごみな捨てそ』と答えていたのは、本庄さんだけだったよ」

と教えてくれた。

文化祭の準備で遅くまで作業をしていた時、教室に顔を出した先生は、千津に、

「三階の窓から、ずっと月を眺めていたのは本庄さんだろう？　そんなことをしているのは本庄に違いないって、職員室で、他の先生たちと噂話をしていたんだよ」

と笑いながら言ってきた。

この先生は二年時の修学旅行の際、土産物店に、千津が買った品を忘れてきたと言っているのを聞きつけ、一緒に新京極の閉店間際の店までつきそってくれた。十七歳の千津にとって、集団から離れて路面電車に乗り、車窓から家路を急ぐ人々が行きかう、夜が更ける古都京都の街並みをぼんやり眺めていたことが、修学旅行での一番印象に残る思い出となった。


長福寺の線路沿いの墓地の近くに差し掛かる辺りで、汽車は次第に速度を落とし、駅舎に向かって大きく合図の汽笛を鳴らす。

汽笛の音が聞こえだした途端に、千津は慌てて家を飛び出した。学校の始業に間に合う汽車に乗る、ギリギリの時間である。

汽車と並行しながら、どんどん駆ける。通学カバンの中身が音を立てた。先行する汽車を追いかけ、改札口を通らずに線路からプラットフォームにかけ上り、蒸気を吹いて停車している汽車の最後尾の車両に飛び乗った。

通学客で混雑している車内の、ボックス席に空席を見つけて座り、荒い呼吸を整えながら車外に目をやった。

車窓からは、田園の青い稲穂が風にさざめき、丘陵地帯に入ると、樹林の中にヤマユリの花があちこちに咲いている風景が眺められた。

それをぼんやり眺めながら、千津は昨日、大矢先生に呼びだされた時のことを思い出していた。

「この前の生活アンケート調査で、学校に来る目的についての回答に、君は『惰性』と書いていたが、どういうことかな？」

千津は窓の外に目をやった。

高台にある学校の職員室からは、河口付近の街の一角が眺められた。白雲が街の上空に、影を落としながら流れていた。

先生は答えを促すかのように、千津の方に顔を向けた。

千津はなんと答えていいかわからなかった。でも実際のところ、毎日学校へ通うことは惰性、そのものであった。

学校生活から新鮮な感動や刺激を受けることもなく、授業は退屈だった。

あまり考えることもなく学校へ行き、帰る、その繰り返しの日常であった。いつも身体が重く、授業中はあくびをしてばかりいた。

鋭い警笛を鳴らして、列車はトンネルの中に入った。

初夏の風に吹かれていた乗客たちは、急に暗くなった車内で、慌てて木の窓枠を下ろし、黒煙が中に入ってくるのを防いだ。

この頃は学校から疲れて帰ると、台所にあるものを少し食べてから、自分の部屋に入り、仮眠した。

家の者が寝入る頃に起きて、それから夜中過ぎまで勉強をする。明け方まで少し眠ってから、学校へ行く準備をする。

そんな単調な生活がずっと続いていた。

家の者と会話をすることもあまりなかった。徳一と泰子との間に生まれた子供の成長が、一家に笑顔をもたらしていた。

千津は家の中にいても、孤独だった。自分の周りを、灰色の幕が囲んでいるように思えた。

物思いにふけっている時、思いもよらない奇妙な音声を、自分が発していることとに気づいた。

言葉ともいえない、意味のない単語。

「どうかしたか？」

それを、たまたま近くにいた者に聞かれた時には、慌てて言い訳をしてごまかした。

自身でコントロールできない音声を発しているのは、ストレスが溜まっているからだろう、と思った。

こうしたストレスを抱えていたのは、千津だけではなかった。

家庭や学校生活での、発散されない重い気分は、他の生徒たちも別のかたちで表出していた。

学校で標的となったのは、新卒二年目の若い英文法を教える教師だった。

説明している際に平気で私語を交わし、板書している背中にチョークや消しゴムを投げつける、不埒者がいた。

それを敢えて咎めようとする生徒はいなかった。調子に乗った連中は次にはどんな手段でやるかと工夫し、仲間に自慢するようになった。

いわれのない仕打ちを受けた気弱な教員は、ひたすら自分の職務を義務的に果たすのみで、更にまた、生徒たちのいたずらはエスカレートしていった。

騒然とした授業が続くうち、千津は段々と、中学時代好きだった英語の内容がわからなくなっていった。

クラスメートの玲子が、教室に姿をみせなくなったのは、二年の秋だった。

「退学したみたいよ」

同じ中学出身の裕子が、そっと教えてくれた。

なぜこの時期に、あと一年ちょっとで卒業なのにと疑問がわいた。校内でも美人として評判で、彼女を見る独身の教員は、関心のあるそぶりを隠そうともしなかった。

千津は下校の途中、駅前広場で玲子が、チェックの上着を着た男性と談笑しているのを見かけた。

化粧をしてパーマをかけた彼女は、見間違いかと思うほどすっかり様子が変わっていて、声をかけることができなかった。

翌日、そのことを裕子に話すと、

「年上の男性と、いろいろあったようなの」

と教えてくれた。

退学に至る、どんな事情があったのかはわからないが、年齢的にも恋愛は自分たちの現実の世界に入り込んで、その人生を変えていくものになると考えさせられた。

しかし千津にとって恋愛は、まだまだ映画や小説の中で想像を巡らす、不思議の世界の出来事だった。

教室に入る際、

「ゴースト」

と呼ばれて千津は何のことだろうと一瞬、戸惑った。

そこには同じクラスの、豊原義男が立っていた。小さく尖った顔の、彼のさげすむように見下ろす目を見て、初めて自分のことを言っているのだと気づいた。

彼の後ろには、彼と同じバスケ仲間が数名、立っていた。

なぜ私をと思いつつ、何も言えずにその場を離れた。胸がざわついた。

鏡に映る、たらした前髪が顔の半分を覆っている青白い顔。胸板の薄いやせた身体、相手がゴーストと言い放った理由は思いついた。

でもなぜ、豊原義男がそれを言うのだ。言われる筋合いはない。

本庄の家の女たちなら、きっと相手の理不尽に対して黙っていないであろう。だが千津には豊原に反駁《はんばく》する勇気がなかった。

その後も豊原は、千津と顔を合わせるたび言い続けた。そのあだ名はクラス中の者が知るところとなった。

教室の中ではできるだけ目立たないよう、存在を消して下を向いていることが多くなった。

由美子たちクラスの女子は、豊原が言ってもそれについて、敢えて素知らぬふりを装い、行動した。そこには、侮蔑を受けていない者の優越感も感じられた。

自分の周りの灰色の幕は、一段と厚くなったように思われた。自己防衛の心の鎧《よろい》を固くし、思考は次第に柔軟性に欠けるものになっていった。

この状況は屈辱だった。先生に相談しようとは考えなかった。家族や、旧知の友達の誰かに話そうとも思わなかった。

学年が進み、今更転校なんてできない。子供の頃見た、線路に転がっていた手首のことを思い出し、慌ててかぶりをふった。こんなことで自分の人生を終わらせてたまるか。

一人でいる時の、無自覚におこる突発的な発語の頻度は増えていった。

駅へと向かう下校の際、女子高生が三人、反対側から歩いてきた。楽しそうにおしゃべりをしていたが、突然、身体を二つに折り曲げ、けたたましく笑い出した。

その原因は、対向して歩いている自分なのでないかと千津は一瞬疑い、思わず体を硬くして身構えた。女の子の一人がその様子に気づいたのか、

「なんだかこいつ、変だよ」

と仲間に告げて、千津を振り返りながら通りすぎた。

第三者にも怪しまれるほど、自分は異様なのか、と千津は茫然とした。

一方、こうした状況が永遠に続くわけではないとも考えていた。あと少し、あと少しだ。その時には楽になるに違いない。

通学列車から降りた生徒たちは、ぞろぞろと隊列を組み、学校へと向かっていた。

学校までは、駅から歩いて四十分ほどかかるが、大雨でも降らない限り、バスに乗って行こうとする者はいなかった。

冷涼な朝の空気の中に、集団が歩く靴音が響いた。

紀子と並んで歩いていると、後ろに続く教員たちの会話が聞こえてきた。化学と数学の教員だった。

「最近、彼女の様子はどうですか」

自分のことを噂しているなと、気づいた。

「男子の一部から、ゴーストと呼ばれているようですよ」

「ほほう、なるほどね」

千津の顔が歪んだ。

後ろを振り向き、「何がなるほどだ」と叫んで怒鳴りたい気持ちを抑え、我慢した。

隣を歩く紀子にも、今の会話は聞こえていたはずだ。しかし紀子は顔を上げたまま、黙って前を向いて歩き続けていた。

紀子のやさしさを感じながら、千津は涙が出そうになるのをこらえていた。

＊

剛三が亡くなった。それは突然のことだった。

つねが家から去った後、スミは、

「何やってんだよ、このじいさんは」

などと父親に悪態をつきながらも、何かと世話をやいていた。

言葉は乱暴だったが、最近は家事の合間に彼とは一番の話し相手になっていた。

剛三は未婚のまま家に残る彼女に、自分の丁稚の頃の苦労話や、関東大震災の時、大工仲間と線路伝いに東京まで歩いて行き、救援活動に行った話などを聞かせてやった。

「下町の本所では、四方から迫る火に避難していた人々が焼かれて、その人間の脂で地面がぬかるんでいて、歩くのも難儀だったよ」

スミは、若い頃から優しい言葉をかけられた覚えがなく、常に抑圧的だと思えた父親が、その一方で、継母のつねの言いなりになっていることに反発していた。だが近頃は、剛三の話を聞いているうちに、父親の、不器用だが懸命に生きてきた姿や、その考えを知ることが増え、時には彼に愛着さえ覚えるようになっていた。

稲の刈り入れの時期が過ぎ、朝夕には寒さが感じられるようになっていた。

「年寄りは風邪をひきやすいから、何か羽織るものを着なくちゃだめだ」

とスミが言い、剛三は上着を羽織った。

昼過ぎ、精米を頼みに客がやってきた。剛三が対応して、工場で準備に入った。スミが悲鳴と異常音に気づいてかけつけた時は、剛三は開けていた上着の裾が機械のベルトに絡まって挟まれ、そのまま身体が天井近くまではね上げられていた。近所の健一に急いで助けを求め、二人で床に下ろしたが、剛三は既に全身に強い衝撃をうけていて意識がなかった。

千津が連絡を受け、学校から帰宅した時、剛三は奥の部屋の布団に横たわり、顔には布がかけられていた。

千津は泣いた、涙がとめどなく流れた。今まで胸の奥に封印していたものが、一気に噴き出たかのような号泣だった。

年を取って、息子や娘に罵られ疎まれていた父、自分はなにもしてあげることができなかった。

父も末娘に「勉強を頑張れ」とか、母親が出て行った後も、「大丈夫か」など声をかけることもなく、淡々とした父娘関係だった。

父も、母と離れて暮らすようになり、寂しい思いをしているはずだった。自分の気持ちを吐き出すこともなく、座敷でひとり背中を丸め、座っていた姿が思いだされた。

中学の頃は千津が母親に口答えすると、黙って近寄り、頭をげんこつで殴ってくる、怖い父親だった。

大がかりな選挙違反で、地元の政治家や支援者が逮捕された事件の報道に、政治に関心を持つようになっていた千津が、

「こんなことやっているから、いつまでたっても社会はよくならないんだよ」

といっぱしの意見を言った際は、根からの保守党支持者である剛三は、

「生意気いうな。しょうがなかんべ（ないだろう）。世の中、何でも教科書どおりにはならないもんさ。政治は人が動かしているんだからな。いろいろ骨折ってもらったら、それに応えてやるのは当たり前のことだ。今回は、候補者に不満を抱く奴が警察に出かけて、刺した（密告した）に違いねえ」

と言った。

高校の修学旅行先から出した「父上様」と書いてある絵葉書に、相好を崩し喜んでいた父。年を取ってから生まれ、未来がある末娘は楽しみな存在であったに違いない。

剛三は普段、失敗することを方言である「とっぱどした」と言い表していた。一つのことに集中すると、脇目もふらずにヒイヒイ言いながら取り組んでいた父。「とっぱどして」しまって最期をとげるなんて、と思うと涙はとめどがなかった。

連絡を受けたつねと信吾が、急ぎ駆けつけた。

つねは、無言で横たわる夫との対面を済ませると、葬儀で世話になる町内会の人々に、挨拶をしてまわった。

彼女は取り乱すこともなく、淡々としていた。本庄の家を離れる際に、剛三の死に際には立ち会えないかもしれない、と覚悟をしていた。同じ墓には入れてもらえないだろうからと、剛三が東葉市に来た際に、彼の散髪した髪の毛と爪を、小箱に大切にしまっていた。

剛三の他の子供たちも、連絡を受けて続々とやって来た。

建築現場から、作業衣のままやって来た洋平は、

「今日は、仕事場でカラスを追い払ってもなかなか飛んでいかなかったんだ。あれは、おやじのことを知らせに来たのかなあ」

と話をした。

家を出てから今まで、実家に顔を出すことのなかった英二は、外交員をしているという大きな身体をゆすり、久々に会った兄妹に、

「俺はもう、二人も孫がいるんだぞ」

と、義理の子供が生んだ、孫の自慢をした。

なみは、再婚した年下の夫とともに顔を見せた。資産家の長男だという男は、

武骨な風貌だがおっとりとしていて、なみの手には大きな石の指輪がはめられてあった。

父親の死は、さながら離散していた兄弟たちを再び巡り合わせる機会となった。
葬儀は町内会の幹事の男たちが取り仕切り、奥の間で祭壇の準備を進めていた。
女たちは台所で、弔問に来る客を接待する湯茶の用意で忙しく動き回っていた。

一番遅れて、長女のシゲがやって来た。
弟妹たちは長姉が来てくれたことで、安堵の表情を見せた。彼女は、都市郊外に機械メーカーに勤める夫と戸建て住宅を購入し、高校生と中学生の二人の子供の母親となっていた。

嫁いでからは、実家に帰ることもあまりなかったが、家が平穏でない様子や弟妹たちの不満の内容は、かけてくる電話から承知していた。

彼女は硬い表情のまま、周囲の人々に挨拶を手短に済ませると、父親の横たわる部屋へと入っていった。

そして立ったまま、剛三の顔を見下ろすと、大声で叫んだ。
「平等に、平等に、先妻の子供も後妻の子供も平等に！」

周りにいた者は、その声に驚いたように顔を見合わせた。しかし、誰も彼女を制止しようとする者はいなかった。

＊

千津は、進路指導室に呼ばれた。

秋が深まり、進学先を決定する段階になっていた。

潮見台高校の進学指導主任は、ベテランの大塚先生で、この高校で十年以上も受験指導を担当しており、学校では「受験の神様」と称されていた。

偏差値という学力を測る目安もなく、受験情報も少ない地方都市で、今までの生徒の成績だけを見て、個々の受験校を予測し、判定するのは至難の業であったに違いない。

進学を希望する生徒の中には、東京方面での受験講習会に参加して準備をする者もいたが、千津にとっては、参考書に頼った学習だけが受験勉強だった。

大塚先生は、今までの成績一覧を見ながら、メモ用紙に合格可能と思われる学校の名前を書いて千津に見せた。

千津は初めて臨む大学受験に見当がつかず、授業料の安い公立大学あたりを考えていたが、先生からのメモには、彼女も知っている都内の有名校が書かれてあった。

自分の学力の好判定には安堵したものの、学資の心配が頭をよぎった。

「私立大学ですか」

千津の問いかけに、父親を亡くした彼女の家庭の事情を知っているからか、

「奨学金も申請したらもらえるし、教職課程を取って教師になると、その奨学金の返還も免除される制度があるからね」

受験の神様は、厳かに言った。


二月上旬に高三の授業は終了した。これからは、各自の進路に向けての準備の期間に入る。千津は受験関係の書類を受け取ると、これでもう高校には通わなくて済む、豊原の顔も見なくて済むと思って大きく息をした。

灰色の幕が、少し薄まった気持ちになった。

出口は見えてきた。でもまだ次の入り口までは遠い。

受験のため、東葉市のつねと信吾が住む家に行くことになった。徳一が運転する軽トラックに、学用品や身の回りの物をのせた。

これからしばらく、この家とも離れることになる。高校の卒業式にも出るつもりはなかった。受験に失敗したら、それはそれでまた、次の進路を考えればいい。

家の女たちが見送りに出てきた。

「身体、気ィつけてな」

受験のことは、誰も口にしなかった。

発車すると、見慣れた風景がどんどん去っていった。父の眠る墓地、通っていた中学校、なぜか感傷的になり、涙がこぼれた。

過去への愛惜と、将来への期待と不安が、ない交ぜになって、千津の中に膨らんでいた。

徳一は、隣で千津が泣いているのに気づいてはいたが、何も言わず、黙ってハンドルを握っていた。

出会いと別れ

「お疲れ様でした。では又、来週ね」

G駅前のバスターミナルで、千津は長谷川先生と別れた。先生は、自宅方面の路線の停留所へと歩いていった。

二人の子持ちのお母さん先生で、面倒見が良く、生徒からの信頼が厚い。先輩の同僚に、千津もいろいろ相談に乗ってもらっていた。

「あんなにしてまで、やらなくてていいのに」と、定規まで持ち出し、髪の長さやスカート丈をチェックする管理的な指導に、長谷川先生は疑問を呈して、職員会議でも発言していた。

校内暴力や不登校などが社会問題となり、どの学校も生徒指導に力を入れていた。

生徒指導主任の男性教員が、職員室でも幅をきかせていた。

千津は、それでも若い教職員の多い都市部の職場に転勤することができて、職員室で緊張しないですむようになり安堵していた。

女性は結婚や、三十歳になったら退職させられると言われた一般企業への就職は、なんのコネももたない千津には、当初から選択する余地はなかった。

最初に赴任した郡部の学校では、都内の大学を卒業した新卒の千津は、公私共に、先輩の同僚たちから注目された。

期待があったからか、早速、二年のクラス担任を任されたのはともかく、自分の授業も思うようにいかない新任が、実習生の指導の担当まで命じられても、抗《あらが》うことなどできなかった。

ベテランの先生たちの、指導技術や生徒指導の熱意は素晴らしいと思ったが、歓迎会の宴席では、一転して、「駆けつけ三杯」と酒の強要や猥歌を聞かされたのには閉口させられた。

相手の反応する様子を見て、人物の判定や評価をしているように思われた。

普段から男性教員の振る舞いに慣れている女の先生たちは、それを笑いながらやり過ごしていた。

次の管理職をうかがう数名の男性教員たちの発言力が強く、職場の雰囲気を支配していた。

共働きの女性教師は、自分の夫が管理職になると退職するのが通例、だった。「あなたってホントに人との接し方、不器用だよねぇ」。高校の時、由美子に言われた。

学生生活を終えて社会人となり、職場の人間関係も、うまく対処すればよいとわかっていても、千津は宴席で酒をついで回り、相槌などして話を合わせることが苦手だった。

外からではわからない、これが教員の世界なのかと思い知ることも多かった。

千津の、流行りの膝上のスカートやパンタロン姿も話題にされた。

外部から私用電話がかかってくると、職員室で聞き耳を立てられているのがわかった。

目の前で、何人かの男性教員たちが自分を話題にして、あからさまに笑いあっていることがあり、千津は次第に胃に痛みを覚えるようになっていった。救いとなったのは、生徒たちから「先生、先生」と頼られることのうれしさだった。

授業も、人間的にも未熟であっても、若い先生ということで親近感を感じるのか、休み時間も生徒たちに囲まれた。

千津も生徒の話を聞き、寄り添うことを心掛けた。

初めて経験した家庭訪問は、千津にとって驚きが多かった。

若い新卒の女性が担任になったことを、子供のいる前で、不満げに示す家庭もあった。飲食街では、訪問時間に寝起き姿で出てくる親もいた。日々の生活に追われ、学校に預けた以上、問題でも起こらない限り関心がない、という家庭が大半であった。

「先生、うちのガキが悪いことをしたら、いつでもぶん殴っていいですから」

息子とよく似た顔つきの父親は、仕事の手を休めずに、言ってきた。家でもそうしてしつけているうと話した。

「先生に、うちに上がってもらえるなんて」

と、恐縮する母親がいた。

苦しい暮らしがうかがえる一室で、茶碗に白湯と、半紙の上に砂糖をのせたものを差し出してきた。

負けん気を目に宿した、子供の顔を思い起こした。

クラスに一人、欠席を続ける女子生徒がいた。家庭訪問すると親は不在で、汚れた私服を着たその子が出てきた。話を聞いてみると、食事もままならず、親からは暴力を振るわれているらしい状況が飲み込めた。学校に行く気力がおきない事情に同情しつつ、

「でもあなたはこれから自分の人生を生きていくんだから、そのためには勉強を頑張っていかなければね」

と、励ますしかなかった。

教室に座る一人一人の生徒には、それぞれ違う家庭環境があり、成育歴があって、その子供の個性や今の行動につながっているのだと理解できた。

時に反発されることがあっても、千津はこの子たちのために頑張らねば、という使命感を抱くようになり、初めて自分が生きて立つ、土台が見えてきたように

思えた。

教師用の指導書に頼っていたのでは、授業は成り立たなかった。授業が生徒の関心を引く、面白いものでなければ、すぐ私語やいたずらが始まる。

退屈な授業を棚に上げ叱っていては、生徒との人間関係はたちまち悪化する。生徒の興味や関心を持続させ、生き生きした授業をするにはどうしたらよいか、生徒の自主性を高めるにはどうしたらよいか、千津は様々な教育書を読み漁り、指導方法を工夫する日々を送った。

ある時、千津は学級文集作りを生徒に提案した。生徒各自が鉄筆を持ち、自作の作文や詩、イラストなどをそのまま書いて、千津がガリ版を刷り上げた。それはベテランの国語の教師が、生徒が提出したものを自身で製本したものと比べ、稚拙ではあったが手作り感満載の、生徒たちの満足のゆくものとなった。

長谷川先生と別れ、自宅がある私鉄のホーム方面に歩きながら、気分転換しようと思い立って、千津は久しぶりにステイションビル上階の、文誠堂に立ち寄った。

転勤した都市部の中学校は、住宅団地が学区の大半を占め、その住民は東京方面への通勤者がほとんどだった。

保護者の教育への関心が高く、子供の多くを塾に通わせていた。

保護者の中には、

「うちの子が土足のまま、階段を上がったくらいで先生が怒るなんて」

「いじめているうちの子供が悪いだけでなく、相手の子供の方にも問題があるのでは?」などと、クレームをつけてくる親もいた。

生徒だけでなく、保護者への対応にも気を遣わなければならなかった。

週末の午後の店内は、あまり混んでおらず、クラシック音楽が流れ、静かだった。

新刊書の並ぶ平棚から、文芸書の棚へと移動していく時に、千津は若い男が自分の方を見ながら、後をついてくるのに気がついた。

「あいつだ」

図書館で、一度働いている姿を見かけたことがあり、見覚えがあった。

叶順一郎の弟。

学年は違うが、小学校の頃、名札から彼の弟だとわかり、見知っていた。

藤棚の下の、水飲み場にいた小柄な坊主頭の少年は、「おしっこもらしそうな奴だな」という印象だった。

「あの、同じ高校でしたよね？」

突然、男は千津に近寄り声をかけてきた。

「田舎も一緒ですよね？」

「今はこちらで、どんな仕事をしているんですか？」

立て続けに話しかけてくる。適当に返事をして立ち去ろうとするが、男はずっと後をついて、歩いてくる。

「お住まいは、この近くですか？」

母や兄夫婦と住む家は私鉄沿線である。駅名をあげて答えたが、

「じゃあ、俺と同じ方向だ。一緒に行きましょうか。送りますよ」

と、なかなか強引である。

「俺、叶誠司と言います」

男は立ち止まって名乗った。

叶は千津に歩調を合わせながら、私鉄ホームへと進んでいった。

白いワイシャツ姿の胸板が、がっしりしている。

弱々しげだった子供の頃の印象と比べ、しっかりした身体つきの大人になっていた。

叶の下宿は千津が降りる駅の二駅手前だったが、彼はそのまま電車を乗り越し、千津が降車すると反対ホーム側に廻り、手を振って帰っていった。

生まれた町から離れて暮らしていた者が、見知っている人と、偶然、町で出会ったという感覚だった。

もう再び会うこともないだろうと思っていたが、月曜日の夕方、勤めを終えてバスターミナルで降りると、叶は柱にもたれ千津が帰ってくるのを待っていた。

一緒にいた長谷川先生は、

「どなた、お知り合い？」

と、興味津々で聞いてきた。仕方なく紹介すると、小声で、

「なかなか爽やかな、いい感じの方じゃないの」

とささやいてきた。

「そうゆう関係ではないんです」

と否定したが、先生は笑っていた。

その後も、彼はバスターミナルで待っており、雑談などしながら途中まで一緒に帰る日が続いた。

ターミナルで、彼の姿が見えない日はつまらなく思えた。

休み時間、ぼんやり外を見ていた時に、通りがかった事務職員に、

「あらいやだ、本庄先生、思い出し笑いなんかしちゃっていますよ」

と、声をかけられた。

土曜の昼下がり、叶誠司は、

「俺、今日、腹が減っているんだけれど、金の持ち合わせがないんだ。ご馳走してくれないかな」

と悪びれた様子もなく、言ってきた。

誠司はどう見ても、経済的に余裕があるようには見えなかった。

彼が普通のサラリーマンのように、背広にネクタイ姿でいることはなかった。いつもはシャツやセーターで、寒い日はそれに上着を羽織っていた。

日本のGNPが世界で第二位になった、などと新聞紙上には書かれていたが、地方に住む者には実感がなかった。

街で、同年輩の若者が親の援助があってのことなのか、流行りのジャケットを着、乗用車を乗り回しているのを見かけると、誠司は軽蔑するような視線を向けた。そこに「俺は、自立してやっているんだ」という、自負心を感じた。

職場で支給される、作業用ジャンバーやエプロン姿で済ませられる仕事柄のせいもあるのか、ラフなスタイルが好みのようだった。

それにしても、男が女性に食事をたかるなんて、と一瞬ムッとした。

この男はどういうつもりで、自分に接近してきているのだろう。

同郷で、同窓というよしみだけで、近寄っているのだろうか。教員は金銭的余裕があると見込んだ、何か企みでも持っているのだろうか、などと憶測を巡らした。

だが、その意図を聞くことはできず、自分も空腹だったこともあって、一緒に駅ビルの中にあるレストランに行くことになった。

店内に入ると、誠司は四人掛けのテーブルの、窓側の席に着いた。

千津は、その対角線の席に座った。若い男の真向かいに座るには、ためらいがあった。

真っ直ぐ、正面から顔を覗かれる、というのは顔の美醜だけでなく、自分の正体が暴かれるような恐怖があった。

伊藤整が書いた自伝的小説、『若い詩人の肖像』の中の「他人は自分が気にしているほど、人のことを気にしてはいないものだ」という一節を読んでからは、周りの目を以前ほど気にしなくなってはいた。

しかしそれでも、男性と真正面で対面するのは苦手だ、という気持ちを、まだもっていた。

大学時代、千津に関心を示していた先輩から強引にデートに誘われ、二人で喫茶店に入ったことがあった。

相手の斜め前の席でうつむき加減のまま、会話を交わした。

男は途中から、そんな彼女をいぶかしげに見ていた。

後日、その相手から手紙が届いた。

「あなたが、あんなに無礼な人とは思わなかった。あの態度は何ですか」

千津は、謝罪の手紙を出さなかった。

「あなたを侮辱する気持ちは、少しもありません。でもあれが私なのです」と。

これではいつになっても、男の人ときちんと付き合うことはできないだろう。

街中で見かける若い男女が、自然に、楽しそうに交際しているのが不思議に思えた。

職場でも、休み時間に本を読んでいることが多く、他の女性職員のように、男性職員と気軽に世間話をすることもなかった。

ちょっと変わった、相手にしづらい女と思われていた。

養護教員の樋口香苗は、北関東の地方都市から東葉市に赴任していた。

いつもワンピース姿で、化粧が濃いなど教員としては突出して目立つ外観であったが、話すと、お嬢さん育ちをうかがわせる、のんびりと素直なところが好感を持たれていた。

香苗は自分と同じく、他から転勤して来た千津に親しみを感じたのか、何かと話しかけ、相談を持ち掛けてきた。

「教務の吉野先生に週末、二人でドライブ行こうと誘われたの」

体育を教える吉野は、妻帯者である。

「それでどういう返事をしたの？」

「本庄先生も一緒なら行きます、って言ったら変な顔をしていたわ」

実家は食品会社の経営をしているという香苗が、なぜ東葉市にわざわざ転勤して来たのかを皆、知りたがっていた。

しばらくたってその理由を、香苗自ら、突然結婚が破談となり、心機一転するためだったと明かした。

可愛い顔をした香苗の笑顔の裏に潜んでいる、外に見せることがない悲しみを思った。若い女性にとり、どんなに衝撃的なことか、容易に想像することができた。

その傷心の香苗の弱みにつけ込むなんて、日頃、校長に追従を言っている吉野の四角い顔を思い浮かべ、軽蔑した。

休み時間に保健室を訪ねると、香苗が舟木一夫のブロマイドを見ていた。

婚約者だった男が、彼と容貌が似ているのだという。うっとりとした目で眺めている。

「下宿先でも私、舟木一夫の歌をいつもカセットテープで聞いているの」

破談となった相手とは長い期間交際し、結婚式の準備をしていたのだが、大学を終えて就職した彼が職場で知り合った女性と深い仲となり、妊娠したことがわかった時点で、婚約解消を申し出てきたのだという。

自分を裏切り、ひどい目にあわせた男の面影をいつまでも追いかけているなんて。

千津は言った。

「私だったら、人型に呪いの言葉を書いて、神社の木に、五寸釘で打ち込んでやるわ」

「わあ、怖い。本庄先生たら」

香苗は強烈な千津の言葉に苦笑いをしながら、ブロマイドを引き出しにしまった。

男性と深く付き合ったことのない千津には、男女の理屈だけでは割り切れない、愛憎などわかりようがなかった。

ウエートレスが、コップに水を入れて運んできた。

誠司は、自分の斜め前の席に座ったままでいる千津を一瞬で見てとると、さっと通路側の椅子に移動してきた。それから、ニコッと笑った。

千津が反応する間もなかった。

そしてごく自然に、

「何にします？　俺は五目焼きそばがいいなあ、本庄さんは？」

と、正面から尋ねてきた。その言葉からは、何の屈託も感じられなかった。

ほどなく焼きそばが運ばれてきた。誠司は旺盛な食欲を見せた。

目の前で、一皿を無心に平らげている男の様子を、上目遣いで見ながら、千津は今までこだわってきた自分の内面のかたい殻が、少し緩んでいくのを感じていた。

「そうか、それが当たり前だ、というように自然にしていればいいのだ」

今までの経験から、男性に対して構えてしまう自分がいたが、相手の行動を受け入れつつ、包み込んでしまうような誠司の振る舞いは、千津に安心感をもたらし、他者に楽に接するやり方を気づかせてくれた。

日が経つにつれ、徐々に誠司に対する、緊張と警戒感は薄れていった。

その後、誠司は「先日のお礼に」と言いながら、職場の先輩にもらったというチケットで、美術の展覧会や、文化ホールでのクラシックのコンサートに誘ってきた。

ある日、コンサートの帰りに、

「俺のところに寄っていきませんか？」

と口にした。

男の人の下宿に行くのには抵抗があったが、誠司は執拗に勧めてきた。

松林が続く、住宅街の坂道を下った低地に、古い小さなアパートがあった。

彼の部屋は、一階の台所付きの六畳間だった。若い男の、独特の匂いが室内に漂っていた。

本棚には、小説や映画のパンフレットなどがびっしりと並んでいた。

「岩下志麻が、結構好きなんですよ」

任侠の男社会の中で、颯爽と生きる女性にかっこよさを感じるという。

本棚を見回している千津に、ドリップでコーヒーを入れながら、誠司は最近見たという映画の話をした。

だが、若い男性に人気の高倉健らが出演する、任侠映画の話題にはあまり興味がなさそうな千津の様子を見て、

「これ、見ますか?」

と言いながら、今度はブリューゲルの画集を棚から出してきた。

その厚い画集のページをめくっていると、後ろから誠司が肩を抱いてきた。タバコの匂いがした。

「ああ、この人は、女と付き合うのは私が初めてではないな」。何となくそう感じられた。

街には、沢田研二の「危険なふたり」の歌が流行っていた。

誠司とは勤め帰りに待ち合わせるようになり、週末に時々、遠出をしたりした。

長谷川先生からは、

「その後、あの方とのお付き合いは進んでいるの？」と聞かれたが、曖昧な返事をした。

年頃の娘として、付き合う相手がいないうちは胸の内に空虚な部分がないこともないが、結婚という具体的な問題になると、今度は、このまま付き合っていってもいいものなのか、躊躇する気持ちが交錯する。

千津の結婚を気にかけてくれている長谷川先生は、優柔不断な返事に、

「ふうーん、この人と一緒にいたいと思う人と一緒になるのが、一番だと思うよ」

と言葉をもらした。

誠司との会話の中で、家族の話題が出てきたことがあった。

「兄貴は、俺と違って優秀なんだ」

子供の頃、そろばん塾でお兄さんと一緒だった、と告げた。

誠司の口ぶりからは、順一郎に対して、複雑な思いもあるように感じられた。

「子供の頃、何かというと、兄貴はプロレス技をかけてきてね」

男兄弟の日常とは、そういうものだろうと受け止めた。

その順一郎は、既に赴任先で結婚をしていると聞かされた時には、千津は「ああ、そうなのか」と、冷めた感想をもった。

明るく、活発そうに見えた彼の印象から、結婚もきっと早かったのだろうと推測した。

「お兄さんの友達に、笹岡達治っていう人もいたわね」

とさりげなく、達治の消息も聞いたが、誠司は、彼についての情報を持っていなかった。

いずれにしても、誠司と交際しているうちには、順一郎と出会う機会があるかも知れない、それは千津にとって、なんとなく気が重いことに思われた。

「ねえ私のこと、いつ頃から知っていた?」

「だって千津さんって、小学校の学芸会では劇のお姫様役だったり、『子鹿のバンビ』のダンスを踊っていたよね」

学芸会は運動会同様、在籍する児童やその保護者のみならず、地域の人々も観覧する一大イベントであった。

「へえ、私のそんな昔を知っているんだ」

「中学でも集会で、よく賞状もらっていたよね。勉強も嫌い、運動もだめな俺にしてみたら、遠い存在だったなあ」

自分にもそんな輝いていた頃があったと思い出し、その頃の自分を誠司が知っていたことで、彼に親近感を感じた。調子に乗り、

「以前、職場で付き合っていた女の人って、どんな感じの人だったの。きれいな人？」

としつこく聞き、誠司が困惑している様子を見て自己嫌悪を覚えた。

相手の琴線に触れる部分に言及し、どこまで相手が許容するか、探ってみようとする卑しい魂胆があった。

一方、こうしたことが原因で、誠司が自分を嫌になって離れていっても、それはそれで仕方ないと考えていた。

＊

二人で出かけた近県の町で、千津は誠司に、

「ちょっと待っていて。学生時代の知り合いがいるので、電話をかけてくるから ね」

と言って、公園脇の公衆電話ボックスに入った。

この町で、大学時代のクラスメートだった三好岩男が、新聞社の支局で働いて いるはずだった。

電話帳で調べた番号を回すと、すぐ受付につながった。

「本庄と申しますが、記者の三好岩男さんをお願いします」

「呼びますので、しばらくお待ちください」

三好はなかなか電話に出なかった。受話器からは、背後で忙しく働いている職場の気配が届いた。

大学四年の秋、たまたま学内のエレベーターで一緒になった三好は、

「俺、就職決まったよ」

とうれしそうに告げた。

入社後の研修が終わった後からは、大手新聞社の、地方支局に配属されるのだという。

「最初は、地方に回されるんだ。初めから東京本社では、出世しないんだそうだ」

成績優秀な三好が、全国紙の大手新聞社に就職できたことを当然のことと受け止めながら、彼の口から「出世」という言葉が出てきたことに違和感を覚えた。

「本庄さんは?」

と聞かれて、

「私はまだ、これから」

と答えた。

就職試験は、年が明けてすぐだった。

「おめでとう、よかったわね」

祝福を述べた後、同じ学内にいても会う機会が少なくなっていた彼とは、それ以上交わす言葉がなかった。話したいことはいろいろあるはずなのに、何も言えなかった。その時の千津には、彼と話すべき内容の言葉をもっていなかった。

受話器に人の気配がした。

三好の、よく響く低音が聞こえてきた。

「もしもし」

その時、電話ボックスの外にいた誠司と目が合った。

所在なさげにタバコをくゆらしていた誠司は、千津と目が合うとうれしそうに笑い、手をあげて合図をしてきた。

千津は三好の受話器からの声に、思わず声を出しそうになるのを一瞬とどめた。

この町に三好がいる、彼が働いている、そう考えると思わず、電話をしてその声を聞きたくなった。

だが、彼の現在の状況もわからないまま、男友達を連れてやって来て何を話すというのか、会って、話したところでどうなるというのか、今の自分は彼と是非とも話しておきたい内容を持っているのか。

千津は、受話器をそっと戻した。

＊

「エッ、また服買ってきたの？」

「おまえに合う、丁度いいのがあったからね」

大学生になった千津に、つねは店員に勧められて買ったというワンピースを広げて見せた。色合いは地味だが、形は若い娘向きのシンプルなデザインで気に入った。

近頃の街の洋品店には、手頃な価格の既製服が店内にいろいろ並べられていた。

「向こうでは、兄姉たちの手前、おまえにいろいろ買ってやったりできなかったからな」

中学生の頃、長姉のシゲの娘が春休みに泊まりにやってきた時、彼女の着ていた外出着やパジャマを、千津はうらやましく感じていた。同年齢でも都市と地方では、女の子の着るものもずいぶん違った。手作りや注文服が中心だった頃に、私服などあまり持っていなかった。

大学生となった千津は、服装や薄化粧のせいか、級友からは大人びて見られた。

ジーンズ姿で授業に出て、周りの学生から注目されることもあった。

だが、新入生勧誘で加入した人形劇サークルでは、自分が地方出身者であるということをたちまち自覚させられた。

自分では気づかなかったが、「ひ」と「し」を混同しながら話し、「今日はしどい天気だね」などと言っては、笑われた。江戸っ子が「ひ」と「し」を言い違えるというのは知っているが、自分たちの地方でも「ひ」と「し」を混同して使っていた。

サークル活動が終わり、「今日はこわかった」と言うと「何が怖いの？」と聞かれた。田舎の町では疲れたということを、「こわい」と言うのだった。当たり前のように使っていて、それが方言だと自覚していなかった。

ある時は先輩に、

「本庄さんと東北出身の石田君の発音、よく似ているね」

と言われた。

東北弁との共通点もあるのかも知れなかった。

気をつけていたつもりだったが、方言だけでなく、言葉のアクセントなどの言語環境は、自分の思っている以上に家族や周囲の影響があることを実感させられた。

通学の電車で痴漢に遭ったという話をした際は、先輩の榊原美子に、

「本庄さん、どこから見ても隙だらけだもんね」

と言われた。

自分って他者から見てそう見えるのか、とショックで改めて自分を振り返った。確かに都会では、若い女性は気を張っていないと、どこで危険な目に遭うか知れなかった。

地方出身者と侮られないようういつも背伸びし、周囲に会話を合わせていたところがあった。

仲間たちとの会話でも、文化的素養の違いを感じさせられることも多かった。

「本庄さんはクラシックでは、誰が好き？」

「シューベルトとか、チャイコフスキーかなあ」

うろ覚えに作曲家の名前をあげる。

「私は断然ショパン、幻想即興曲、素敵だよね、ブラームスの交響曲もいいよ

ね」

その作曲家の名前は知っていても、その曲目を今までに聞いた覚えはなかった。

「サリンジャーの『ライ麦畑でつかまえて』読んだ？　感想はどうだった」

サリンジャーは学生たちの間で評判だったが、千津は、主人公の少年の行動に共感することができず、サリンジャーの小説の魅力を理解できなかった。

三好岩男とは、必修科目を受講する教室で、何度か隣り合わせに座ったことから、会話を交わすようになった。

都内出身の彼は、黒縁めがねをかけ、落ち着いて穏やかな印象を与えていた。他の男子学生のような強引さがなく、彼とは初めから自然に接することができた。

彼がめがねを外して目をしばたかせている様子や、鞄の持ち手を逆手に、肩に担いで歩いてくるのを見ると思わず頬が緩んだ。

彼の口癖なのか、会話の語尾に「～なんだぜ」とつけるのが、都会の若者の言葉遣いとして、新鮮に感じられた。

二人で並んでしゃべりながら、次の授業の教室へと移動している時だった。三好が、建物の三階の窓際に立っている、年配の男性に気づいて言った。

「『女子学生亡国論』を書いた、あの教授だよ」

男は、広場を行き交う学生たちを、睥睨《へいげい》するかのように見下ろしていた。

「近年、女子大生の数が増大しているが、卒業後は専業主婦になる者がほとんどなのに、彼女らに金をかけるのは社会にとって無駄だと言うんだぜ」

雑誌に掲載され、賛否が巻き起こっていたその文を千津はまだ読んでいなかった。三好からかいつまんだその説明を聞き、大学教授といっても、古い価値観にこだわったままなのだなと感じた。

女子大生の増加が亡国につながるのではなく、これからは、人口の半分を占める、女性たちが活躍する場や機会を与えない国や社会こそ、亡国に至るのではないか、と思った。

女性も大学教育まで受けるからには、将来的にその学びを何らかの社会貢献で返していくのは当然だ、と千津は考えていた。

ある時、同級生と卒業後についての話題になった。彼女は、

「一旦就職するにしても、結婚したら退職するつもりよ」

と、きっぱりと言った。

「だって夫を支えなければ、夫婦が一緒に働いていたら、共倒れになるでしょう」

それでは大学卒の学歴は、何のためなのか、結婚の条件に、箔をつける手段なのか。

万一、支えていた夫が先に倒れてしまったら、二人が離婚することになったら、その後の生活をどうやって立てていくのだろう、と母親のつねなら真っ先に言いそうなことを、千津は思った。

夫婦で生活していても、夫に頼るばかりでなく万一に備え、女も自分の財布を持っていなければならないというのは、若い時から苦労してきたつねの持論だった。

だが、この時代の女子大生の多くは、他の若い女性たち同様に、将来を考える視線の先に、専業主婦となった自分の姿を見ているのが一般的だった。

千津の中で結婚の文字がちらつかなかったわけではないが、主婦専業としての自分の姿は思い浮かばなかった。

彼女には、家事力が欠落していた。家庭生活の中で培われる知識や教養が、母親から娘に伝えられることがなかった。

昔ながらの農家のやり方と違う、今の時代に即した家事の内容が身についていないことはつねが内心、引け目に感じていたことであり、彼女は千津が家事に意欲を見せることがあっても、それをあまり喜ばなかった。

サークルの合宿で、千津は簡単な調理もできず、仲間からあきれられた。

配属されたクラスでは、三好の他にも何人か親しく話す仲間ができ、ある時下宿している友人の家に集まり、食事会がもたれたことがあった。

会の後、三好と同じ帰り道になり、駅へと一緒に歩きながらいろいろ話をした。

三好は、

「僕は、ドイツ中世の彫刻家、リーメンシュナイダーに興味があってね。彼の生きていた、ドイツ宗教改革の時代の研究をするために、将来は留学したいと思っているんだ」

と言った。

千津には遠い世界の話だった。自分は大学だけで精一杯なのに、留学なんてとても考えられなかった。この人は、一生かけて学ぼうとする課題を見つけているのだ。

三好はその後に、

「来週、法事で授業を欠席するので、その間のノートを、後で見せてくれないか」

と頼んできた。親類縁者が大勢集まるという法事の話から、彼の家は由緒ある家柄ではないかと推測した。

「いいよ」と返事はしたものの、千津は自分のノートの乱雑な字を思って、少し恥ずかしくなった。

帰宅するサラリーマンで混雑している電車のつり革につかまりながら、窓に映る、新宿の街の夜景に重なる三好の横顔を、千津は気づかれないようそっと眺めていた。

大学二年が終了する年度の秋、来年度からの学費値上げを、大学当局が発表した。

学内は騒然となった。

連日、集会がもたれ、キャンパス内をデモ隊が練り歩いた。セクトによる、拡声器の声が学内にこだまし、立て看板が各所に乱立した。

この騒動は、早速、マスコミが大々的に取り上げることになった。

千津は、アルバイト先の店長に、

「本庄さんもデモに加わっているんだろう？　どこに映っているのかと、テレビのニュースの画面に、いつも目を凝らしているんだよ」

と言われた。

そして全学部は無期限ストライキに突入した。

新聞では、跳ね返りの一部学生たちのせいで、大学が正常な授業ができなくなり、一般学生たちが大変迷惑している、と報道していた。

千津は愕然とした。クラスやサークルなど自分の周りにいる学生で、授業料値上げに賛成する者など、当然のことながら、誰もいなかった。

今まで自分は、マスコミの報道内容を当たり前のようにそのまま、受容していた。だが世間に報道される内容は、当事者の立場で受け止めているものとはだいぶ違っていた。こうして人々を誘導し、世論というものが作られていくものなのか、初めて思い知ったのであった。

大学当局は、当面の休校を公表した。

社会全体も騒然としていた。政治活動に目覚めた級友の中には、日韓条約反対デモや、エンタープライズ入港に反対し、佐世保まで出かける者もいた。

千津も警官に周りを囲まれたデモに何度か参加したが、大勢の学生たちとシュプレヒコールを挙げながら、自身はその集団の中で、ずっと違和感を抱いていた。

自分の生活の実感から遠い、政治的事象に共鳴し、そこに没入していくには無理があった。社会のあり方について深く考え、自分との関係性を構築し、行動に結びつけることが彼女にはできなかった。

この時代の空気を受け止め、焦燥感に駆られていたものの、所詮自分は、先鋭的な学生が、一般の人々に対し見下すように名付ける、「小市民」そのものだと千津は思った。

仲間からは、

「本庄さん、サークル活動にも最近は顔を出していないんだって？」

と聞かれた。

間もなく、千津はサークル活動をやめてしまい、専攻科目の異なる級友たちとも会うことが少なくなっていった。

休校期間が終わった。

校内でのセクトの活動は以前の勢いが衰え、キャンパスには静けさが戻りつつあった。

本部の広場前を、サリーを着たインドからの留学生が、五月の風に裾を翻して、横切って行った。

千津は、卒業の単位を取得するためだけに、大学に通った。卒業して自立することは必須の課題だった。

誰とも会話を交わすこともなく、学内を漂流した。

古い建物の入り口に、「学生の悩み相談、受け付けます」の掲示がひっそり出ていた。千津はそれを横目で見ながら、通り過ぎた。

予習もしないで授業に臨み、指名された際に、同じ英単語を何度も間違って答え、周りの学生たちの失笑をかった。

エンプティー、一つの単語が浮かんだ。そうだ、自分は何も無い。中身がない人間。空っぽの人間。そう自覚するしかなかった。

卒業が近づいた三月の初め、クラスメートの、吉岡みのりの結婚式が行われることになった。相手は彼女の所属するサークルの先輩で、既に社会人とのことだった。

パーティー形式の結婚式で、日比谷公園内のレストランが会場だった。

二人の交友関係を表すかのように、サークル関係の仲間や小中高の大勢の友人が集まり、みのりの大学のクラスメートとして、三好と千津が招かれた。

みのりは活発な女性で、新大久保周辺でのセツルメント活動のほか、移動劇団にも活躍の場を広げていたが、当初は学校生活において三好や千津たちと一緒に行動する、気の置けない仲間であった。

みのりの花嫁姿を眺めながら、三好の隣の席に座った千津は、少し気まずい思いをかかえていた。

自信を失い、気持ちが不安定になってからは、心配して声をかけてくる三好を、彼女は意識的に避けていた。それ以来の近接した距離である。だが三好は以前と変わらず落ち着いた様子で、パーティーを楽しんでいるように見えた。

式の終盤になり、みのりの母親が求められて挨拶に立った。品のいい服装をした、知的な感じの女性である。

娘が、子供の頃から規格外の行動をして親を驚かせてきたが、それを理解し、温かく見守ってきたという趣旨の話が、ユーモアを交えながら話された。

「素敵なお母さんね」と隣の三好につぶやきながら、千津は自分の母親のことを思い返していた。

二年生の秋頃、千津の所に三好が訪ねてきたことがあった。

定期試験が迫っているのに、会えないまま三好と連絡が取れず、貸したノートが返されていないことを気にしていた。そこに突然の来訪であった。23区の西端にある彼の自宅からはかなりの距離である。住所を頼りに、駅前の交番で尋ねながら来たという。

ノートを持参し、玄関先に突如現れた三好に驚くとともに、彼の誠実さに心を動かされた。

そして同時に、千津は隣の部屋にいるつねの存在を気にした。急いでバッグを手に取り、家の外に出た。

「誰か来たのかい？」

つねの声を後ろに聞きながら、千津は三好とともに、駅への道を歩きだしていた。

「千津、どこに行くんだい？」

「ちょっと出かけてくる」

割烹着を着て、通りまで出てきたつねに、後ろを振り返りながら返事をした。

三好はつねの方に向かって、会釈をした。

三好につねを会わせたくなかった。

この町に来てからも、方言のまま、他の人が振り返るほど大きな声で話すつね。

何かと周りにお節介を焼くその姿は、近所でも目立っていた。

彼女なりのやり方で、自分に愛情を注ぎ、何かと心配してくれている母親の存在をありがたいと思う一方、他者を前にすると恥ずかしさが優先し、大事な人に紹介したくない心理が作用していた。

三好は何も尋ねなかった。二人は黙ったまま、駅へと向かった。

和やかに結婚披露パーティーが終わり、二人で公園内を通り抜け、東京駅まで歩いた。

「学校の先生になるんだね、いいな。奨学金も免除されて」

「記者になったら国内はもちろん、海外にも活躍の場が広がるね」

卒業し、それぞれの任地で仕事に就いたならば、余程の意思がない限り、会う機会も無いだろう。千津は三好との過去のエピソードを思い出していた。上野の展覧会によく出かけたこと、クリスマスの新宿の町を二人で歩いたこと。今も大切にしまっている、三好から送られたカード。

彼への思いを抱いたまま、別れてしまうことに逡巡があった。

公園内は夜の闇の中、かすかに花の香りが漂い、春の気配が感じられた。

まだ寒さは残っていたが、公園のどのベンチにも男女のカップルが陣取り、中には熱い抱擁を交わしている者たちがいた。

「驚いたなあ」

人目を気にしない行動に、三好がつぶやいた。

「上を向いて歩きましょう」

「アハハ、そうだね」

中空には、おぼろ月が浮かんでいた。

公園の出口に近い噴水まで来た時、千津が立ち止まって言った。

「三好さん、あなたとの思い出に！」

突然三好に近寄り、その右頬にキスをした。そして、戸惑っている三好をその場に残したまま、足早に交差点を渡り、駅へと向かって駆け出した。

＊

昔気質のつねは、娘が教員になったことが自慢だった。教員は昔から女性の職業として、社会で尊敬される仕事であった。

小学校もろくに通えなかったこの自分の、娘が大学を出て教員になるとは、すごいことだと思われた。

大学受験で、東葉市にやって来た千津とはよく口喧嘩をしていたが、受験への不安から、

「合格できるかな」

と千津がつぶやく際は、うるさがることもなくその都度、

「大丈夫、大丈夫」

と、まじないをかけるかのように応じていた。

教員になってからは、生徒指導で、夜遅くに疲れ果てて帰ってくる娘を見て、

「どうして、他人の子供に、あんなに熱心になれるんだろう」

と、思わずにはいられなかった。

ざっくばらんな性格から、引っ越してすぐ近所に同年輩の友達もでき、すっかり新しい土地になじんでいた。彼女の人生で、今までになかった平穏な生活が送れていた。

信吾が結婚し、孫も生まれた今では、残る懸念は千津の結婚だった。

親の目から見ても、器量が良いとは言い難いが上背もあり、まずは十人並みと思えた。

大学時代は、アルバイトに精出す傍ら、部活動にも参加するなど、それなりに学生生活を楽しんでいると見ていた。

夫の剛三は以前、結婚を嫌がるヤスに、

「結婚して子供を持って初めて、人は一人前といえるんだ」

と言っていた。

剛三は、結婚し、共に生活してわかる男女の機微、感覚の違いや、子供への愛情など、様々な経験をすることが、人間としての幅を広げるのだ、とつねに話していた。

つねも、なんとか娘を結婚させたいと知り合いに頼んでいたが、思うような縁談はなかった。

本庄の家の複雑な事情を知る者は二の足を踏んだし、教員をやっているというのも、自己主張が強く、扱いにくい嫁になるだろうと考える者もいた。

千津は誠司と付き合っているうちに、彼が、自分の知っている、周りにいる男たちとはちょっと違う、ということに次第に気づくようになっていた。

子供の時分から、多くの男が女を低く見て、

「しゃらくせい、女は黙っていろ」

と、意見を言う女を生意気だと排除し、時には暴力をふるうのを、目にしていた。

「どうして男ってあんなにえばっているの?」

千津に聞かれた兄の信吾が、答えた。

「そりゃあ、男が女より優れているからさ、歴史を見ても、偉い奴や芸術文化で名を残しているのは、男ばかりだろう」

それは、社会構造的な仕組みから来る要因も影響している、と後に学んだが、子供の千津には反論できなかった。

大人になってからも、若い女というだけでからかいの対象にされ、痴漢に遭うこともあった。男女対等だと思っていた教員の世界も、現実は違っていた。

結婚に関心はあるものの、そうした男性優位の考えを持つ男との生活など、到

底自分は受け入れることなどできない、と思った。

誠司との会話は、共感する部分や物事の見方に、共通点を見いだすことが多かった。

他の人たちと話している際の、その内容に異論があっても沈黙しているか、曖昧な言い回しでその場を誤魔化す、そうした居心地の悪さを感じないですむことがうれしかった。

時には誠司から、

「確かにそうした考えもあるけれど、別の観点からの指摘もされているよ」

と違った見方が示唆され、考える視点が広がることもあった。

彼も映画や音楽、歴史や政治、いろんなことに興味を持ち、率直に意見を言い交わせる千津との会話を楽しんでいた。

千津が、通りや公園で見かけた知らない小学生に、

「気をつけて帰りな」とか、

「今は学校で、何勉強しているの?」

など、相手に警戒心をもたれることなく、声かけや話をしているのを見て、

「やっぱり先生稼業が身についているね」

と、面白がっていた。

通りの垣根のアジサイに、かたつむりがいるのを見つけた千津が突然、〝でんでん虫、虫〟と歌い出した時は驚いて、思わず辺りに人通りがないことを確認した。

誠司は千津のことを、

「あなたって、あまり人を見下したり、差別したりしない人だよね」

と言った。それを聞いて彼女は、この人の価値観はそこにあるんだと実感した。その一方、「誠司は自分のことを買いかぶっている」とも感じていた。

千津は、誠司が車道側を歩き、重い荷物を代わりに持ってくれるのは、自分への親切心だと思っていた。だが、彼のこうした行為は、彼女に対してだけではなかった。

横断歩道で、白杖の人を見かけると、

「お手伝いできることはありませんか?」とさりげなく声をかける。

彼の高校時代、行事を打ち上げ、皆で海岸を歩いている途中で、他校の女子生徒が足を踏み外し、岩場から転落してしまった時、彼はすかさず濡れるのもかまわず、海中に助けに入ったことがあったと話した。

「誰にも優しいのね」

と言うと、

「小学校の時の担任の先生に、『人に親切にしてあげなさい。嫌がることはやってはいけません』って言われていたからね」

と、彼はすました顔をして答えた。

他人を助けることは、彼にとって面倒なことではなく、〝喜び〟と感じているのだと受け止められた。

「あなたって、いい人なのね」

千津は、密かにつぶやいた。いやな相手を心の中で罵り、ともすれば物事を自身に都合よく、功利的に考えてしまいがちな自分と違い、交際相手の価値観がしっかりしていることに、安心していた。

「もしかして、この人は私と付き合うことも、人助けのうちと思っているのかしら」

千津は誠司の顔をそっと覗いた。

以前、なにげなく、千津が、

「自分の体には、人とちょっと変わっているところがある」

と話したことを誤解し、

「千津さんが、障害をもって悩んでいるのであるなら、自分もそれを受け止め、苦しみを分かち合う気持ちでいるから」

と、思い詰めた顔で言ってきたことがあった。

彼の女性観や、社会的弱者に対する視線には、二人の子供を抱えて、働き詰めだった自分の母親の苦労を見てきた経験や、自身の生い立ちが影響しているようだった。

その一方で、デパートなど若い女性が大勢いる賑やかな場所に行くと、すぐ緊張し、顔が赤くなった。

「苦手なんですよ。なにしろ、自分は田舎者なんで」

「そうね。私と同じ田舎だったよね」

二人で笑い合った。

若い男にしては、あまりスポーツに関心を持たなかった。

中学の部活動で、上級生から厳しくしごかれた経験があり、いわゆるスポーツマンシップにも懐疑的であった。

子供が親や教師から暴力を振るわれたという事件の報道には、自分事のように怒りをあらわにした。

そして、自身の自尊心が傷つけられるような言動に対して、敏感だった。

時折、一点を黙ったままじっと見ていて、声をかけられない表情をしている時もあった。

この人はちょっと変わっている、でもこの人は信頼できる。誠司と一緒にいて、千津は素のままの自分でいられるという、安らぎを感じるようになっていた。

冬の寒い日、荷物を持たない双方の手を、誠司のコートのポケットの中で重ね合い、イチョウの葉が落ちた歩道を並んで帰った。互いが顔を向き合わせるのでなく、相手の存在を感じながら、歩いていくのが心地よかった。

誠司

赤ん坊は、泣き疲れてぐったりしていた。

ずっと腹はすいたままだった。オムツはずっしり濡れていて、不快だった。

しかし、どんなに大声を出して泣いても、誰も傍らに来て、面倒を見てはくれなかった。

泣きぬれて腫れた目に、外の、ぼんやりとした明るい光が入ってきた。木々を飛び交う、様々な鳥のさえずりも聞こえていた。

泣くのをやめた赤ん坊は、布団から転がり出て、暖かい陽射しがさしている窓辺の方へと、少しずつはい出していった。

光の差し込む先へと、そこには何かがあるのだと、本能的に感じていた。

＊

サキエは、二人の子供を連れて、物思いにふけりながら、あぜ道を歩いていた。夕暮れの田園には落ちワラを燃やす白い煙が長くたなびき、青黒い靄《もや》が地表に下りてきていた。カラスが群れを成して、次々と西の山のねぐらをめがけて飛んでいくのが眺められた。

戦後の混乱期で、誰もが将来に不安を抱えていた時代に、子持ちの独り身の女に安定した仕事があるはずもなかった。

農家の手伝いからよいとまけの仕事など、稼ぎになるものは何でもやった。それでも、親子三人の明日の食い扶持をどうするか、常に心配をしていなければならなかった。

小さい誠司を、竹の背負いかごに入れ、兄の順一郎の手を引きながら歩いていると、急に背中の誠司がぐずりだした。

「大人しくしていないとだめだよ。泣いていたらここに置いて、行っちゃうからね」

思わず、大きく身体をゆすって声を出した途端、その反動で、かごから誠司が落下していった。

誠司の身体は小川の土手を転がってゆき、身体が冷たい水の中に浸った。

「母ちゃん、誠司が、誠司が！」

その場に茫然と立ちすくんでいたサキエは、順一郎の声に促されて、慌てて川の中に入り、大声で泣き叫ぶ誠司を拾いあげた。

誠司は、父親の顔を知らない子供だった。

父親にあたる男は事業に失敗すると、若い女を連れて町を出奔していった。

その前日、すやすや眠っている、生後半年が過ぎた誠司の顔を、長い間、傍らで黙ったまま見ていたと後年、サキエが教えてくれた。

サキエがまだ十代の頃に、厳しかった父親が亡くなった後、その解放感に浸る中で知り合い、一緒になった男だった。

男は東京方面からこの地方に移り住み、戦時中に国策事業に協力して手広く商いを広げ、町中でも羽振りがよかった。

悪い評判もたっていたが、サキエは周囲の反対の声に耳を貸さず、男の胸に飛び込んでいった。

朝に乳が与えられ、おむつを替えてもらうと、誠司は仕事に出かける母親が、暗くなって仕事先から帰ってくるまで、放っておかれた。

栄養失調で、このままでは生育するのは難しいのでないか、と思われていた。頭だけが大きく、痩せた身体中には湿疹ができて、愛らしい赤子の姿とはほど遠かった。

大人たちからあやしてもらうことや、話しかけられることが圧倒的に不足していたために、近所の同じ年頃の子供と比べても、言葉を発するのが遅く、四、五歳になっても発声がうまくできなかった。

からたちが垣根に絡まる小さな家は、その周囲に松林や桑畑が広がり、結核患者の療養所や焼却場がある、町はずれの寂しい場所にあった。

兄は近所の友達と遊びに出かけてしまい、誠司は一人で砂遊びをしながら、仕事から帰る母親を待った。

時々、町の醸造会社に勤める叔父の信一が帰りに寄って、飴やせんべいを土産にくれることが楽しみだった。

サキエに、新しい仕事が舞い込んできた。古い木材からの、くぎ抜き作業である。

家の近くにある空き地に、公立の、新しい病院が建てられることが決まった。だが戦後の資材不足のため、その建築に、旧軍隊の建物の払い下げの木材が活用されることになったのである。

国民健康予防法の改正に伴い、近隣自治体の施政者たちは何度も会合を重ね、合同の設備の整った保険診療を行う、公的医療機関の設立を目指してきた。

国民健康保険事業が、各市町村の公営事業として取り扱われるようになり、自由診療に代わる、誰でもが医療を受けることができる保険診療は、時代の要請であった。

しかしその実現には、多大な困難が待ち受けていた。

戦後の、インフレ下の厳しい地方財政の中で、いかにその資金を捻出するか、用地はどう確保するか、地元の医師会の協力の取り付けや医療人材の募集等々、問題は山積みだった。

それでも一つ一つの課題を解決し、やっと国の設立認可を受けられるところまで、こぎつけることができた。

そこで、最後の難関となったのが院長人事だった。

住民をも巻き込んだ、反対運動まで起こった地元医師会との軋轢から、地縁のある大学医学部出身の医師を、院長として招聘《しょうへい》することは難しかった。

苦慮した為政者たちは、県庁に頼みこむことにした。

その仲介により、海軍大佐だった唐橋直之が就任することが決まった。復員後に東大の医局に勤めていた、まだ三十代前半の気鋭の医師である。

上越の雪深い地方に生まれた唐橋は、代々医者の家柄の、次男坊であった。

戦時下で、東京帝大の医学部を半年繰り上げで卒業した彼は、海軍の医官として戦時中は南方戦線に派遣され、航空母艦に乗艦していた。

終戦後に本土で除隊となり、東大の医局に研究員として戻ってきていた。

要請を受けて町に着任した唐橋は、自分とは今まで、縁もゆかりもない土地ではあるが、ここで医師として新たな人生を始めるのだと、建設作業の槌音が響く現場に立って、構想を固めていた。

医学部の同窓の仲間の多くが、戦火の中で無残に命を落としていった。

転属のため下船した直後、それまで勤務していた母艦が、敵機の襲撃を受けて撃沈された経験など、自分は九死に一生を得て、母国に帰還することができた。

これからは亡くなった戦友たちの分も含め、医師としての使命を果たすとともに、住民の立場に立った新しい医療を心掛けていくのだと。

優秀な医師や看護婦以外にも、病院を支える多くの人手がいる。事務や器材の管理、清掃員、運転手等、病院の運営に関わる様々な人材の確保が重要であった。

建築現場を見回る彼の目に、筋骨たくましい男たちの中に、一緒になって働く若い女の姿が目に留まった。この作業は女には大変な重労働だろうと思った彼は、休憩時間に一緒に雑談をする中で声を掛けた。

「どうです。新しい病院で働きませんか？　入院中の患者さんに出す給食の仕事ですが。もちろん、それには調理師の資格が必要となりますが。やってみませんか？」

サキエは、院長からの申し出を受けることにした。

働いて帰った後、宿題をする小学生の息子と同じ卓袱《ちゃぶ》台を囲み、眠い目をこすりながら、資格試験の勉強に取り組むことになった。


誠司は小学校に入学したが、胃腸が弱く、腹痛のため、よく早退した。

先生に授業中、質問されてもなかなか答えられなかった。返事を返すことがあっても、言葉が明瞭でないために、同級生から馬鹿にされた。

大柄な子から、理由のない暴力を受けることもあった。

彼は教室の隅に座り、黙ってじっと同級生たちを観察していた。意地の悪い子、優しい親切な子等。教室には成績の良し悪しだけでない、いろいろなタイプの子供がいた。

教室の中には、明白な格差があった。

医者や商店の子供たちは身なりもこざっぱりとして、たまごや佃煮などが入った弁当を、堂々と広げて食べていた。

農家や、その他の子供の多くは、夏場以外を同じ服装で過ごし、体に合わない兄姉のおさがりを着ていることも、当たり前だった。鼻汁が出ても、ハンカチやちり紙などを持たないため、拭った服の袖口がテカテカに固まっていた。

「お前、いつもすすけた顔しているな」

子供の頃、誠司も知り合いの大人からよくそう言われた。

すすけたとは、寒々しいという意味であったが、実際、彼はいつも腹をすかせ、冬でも素足のまますごしていた。

誠司は小柄で、学力も劣り、教室では目立たなかったが、負けん気は強かった。自分をいじめた連中に対する報復の機会は、夏休みに入る前日だった。

終業式後の放課後、いじめた男の子の尻を後ろから思いっきり蹴り上げ、必死になって逃げ出した。後から追いかけていった子供は途中で彼を見失い、諦めて自分の家に戻るしかなかった。

学校は誠司にとり、居心地のよい場所ではなかったが、それでも誰もいない、がらんどうの家に、一人で過ごしているよりましだった。

何より学校は、否応なく、学齢に達した子供が行かなければならない場所、と決められていた。

冬のある土曜日、学校から帰った誠司はひもじさと寒さに震え、台所のたたきでコンロに火をおこした。練炭があかく燃えてくるのをじっと見ているうちに、彼は気を失った。

気がついた時は布団に寝かされ、兄の順一郎が心配そうに上から覗いていた。

「病院が火事だ」

サキエは、激しい半鐘の音と、聞こえてきた叫び声に、急いで家を飛び出した。設立されてまだ間もない新しい病院が、闇の中で、赤い炎に包まれていた。

火事は近隣消防団の決死の活動で、小一時間ほどで鎮火することができた。

病院近くの宿舎から駆けつけていた、院長の唐橋は、病院内の隅々を見回り、入院患者たちに声をかけて回った。

幸い、患者をはじめ、人的な被害は免れたものの、病棟の一部や、機械室や器材置き場などが焼け落ちるなど、甚大な被害をこうむった。

火元は、配電室であった。

サキエは、調理場など、火を使う自分たちの持ち場からの失火でなかったことに、内心、安堵していた。

病院に職を得て、やっと親子の安定した暮らしができるようになっていた。その暮らしを失うことはあってはならないことだった。

その後病院は、火災現場の後始末や、傷んだ病室の補修など、対応に追われた。出身医局の協力を得て、優秀な医者や研修医を揃えることができ、開院して間もないにもかかわらず、地元の人々の信頼が得られ、良い評判が広がっていた。その矢先の出来事であった。

以降、火災を出さないよう十分に警戒をしていたが、その後も大事には至らないまでも、失火が相次いだ。

木造の建物は、火の回りが早い。まだ煙が燻《くすぶ》る焼け跡を見回しながら、唐橋は決意を固めた。

「木造モルタルの病院ではだめだ、患者を守り、しっかりとした医療をするためには、鉄筋コンクリート造りの、火災に強い病院にしなくては」

彼は各方面に働きかけ、地域診療の中核となる総合病院を目指して、精力的に活動をすすめた。

病院全体の不燃化の計画の推進とともに、医療の内容面で彼が特に力を入れたのは、最新の医学の研究の成果を診療に取りこむことと、亡くなった患者の病理解剖である。

解剖により死因の解明を図り、病気の原因と治療の効果を検証することで、患者の家族の安心や信頼を高め、医療全体の質の向上が目指せるという信念をもっていた。

その後は時代の要請に合わせ、更に病院の敷地の拡充をすすめ、施設、設備の充実を図り、診療科目も増やしていった。


誠司は、当初高校へ進学するつもりはなかった。

元々、勉強はあまり好きでなかった。

兄の順一郎は、中学生になる頃から猛然と勉強に励むようになっていた。

「出世して、俺は会社の社長になる」

というのが、彼の口癖だった。

父親の記憶がない誠司は、近所の人から、

「だんだん、父ちゃんに似てきたねえ」

と言われてもあまり感じるところがなかったが、父親との記憶が鮮明に残っている兄の順一郎は、自身の社会的成功が、母と自分たち兄弟を見捨て家を出て行った父親を見返す、復讐の心づもりでいた。

家の中では、兄の存在は絶対だった。口答えすれば、すぐ暴力を振るってきた。小柄な弟に、様々なプロレス技をかけ、押さえ込むことで、彼自身の抱えるストレスを発散する、手段のひとつにしていた。

勤めから帰ってきた母親に、誠司が兄の仕打ちを訴えても、仕事で疲労困憊している彼女は、取り合おうともせず、

「兄ちゃんの言うことを聞いておきな」

というばかりだった。

母親は成績が優秀な、長男である順一郎を頼りにしており、自慢だった。

順一郎は高校を卒業すると、東京の水産会社に採用され、地方の支社に配属さ

れて家を出て行った。

中学三年になり進路を決める段階で、誠司は、中卒対象の製鉄会社の企業内高校の試験を受けたが、あえなく不合格となった。

そこでは企業が必要とする技能や実践的知識を学び、高卒の学歴と卒業後の職場が用意されることになっていた。

息子の学力不足に気づかされたサキエは、知り合いの伝手を頼り、もと学校の教員だった人に、誠司の勉強を見てもらえるように頼んだ。

木枯らしの吹く田んぼのあぜ道を、彼は先生の自宅まで、自転車を走らせた。

一緒に勉強する仲間に、浜部落の中学生がいた。

町の中学生たちの多くは、その地域の子供たちを、

「言葉遣いが乱暴で、粗暴な奴らだ」

と敬遠していた。町中で出会った時には、互いの間に、険悪な空気が漂っていた。

浜の子供と一緒とは知らずに学習塾に入った誠司は、早速、体の大きな日焼けした顔の中学生に囲まれた。

「われ（お前）町の学校か？」

「どこの高校に入ろうとしているんだ？」

口々に問いかけられ、誠司は一瞬ひるんだ。

そこに先生がやってきた。

「おい、今日から一緒に勉強する叶君だ。仲良くやってくれ」

先生は寺の住職が本業だった。

当初は浜の子供たちでかたまっていたが、そのうち誠司に、

「町では何の遊びがはやっているんだ？」

「クラスに可愛い子がいるか？」

などと話しかけてくるようになってきた。

誠司は、一緒に机を並べて過ごすうちに彼らと打ち解け、受験を迎える頃には、互いに励まし合う仲間となっていった。


誠司は、自分の成績に見合った、高校の工業化学科を受験することにした。

彼は高校に入って間もなく、自分の選択の間違いに気づいた。工業系の学習内

容に、興味を持つことができなかったのである。

同級生の多くは、卒業後の就職に有利になることを期待して、工業化学科に進学してきた生徒たちであった。

授業中に小説などを読んでいるか、居眠りしていることが多かった誠司が、学校生活の中で唯一、熱心に取り組んだのが、委員会活動である。クラスで係を決める際、偶々、くじ引きで図書委員に当たった。

図書委員会は自由な雰囲気で、顧問の先生もユニークであった。放課後、もじゃもじゃ頭の大門先生は、白衣姿のまま、サンダル履きでやって来た。

委員会活動の合間には、東北の木地屋で買い集めた伝統こけしのコレクションの話をし、教員仲間と、各地に旅行して写した写真を見せてくれた。

その中には八ミリで撮影した、北海道の原野の露天風呂に入る旅行のフィルムもあり、それを見た委員会の生徒たちは、声をあげて笑った。

大門先生の話に刺激を受けた誠司は、学校の休みに、県内の海岸線に沿って周遊する、自転車旅行を計画した。

学校の生活指導部に届け出ると、それを知った級友の林田雅夫が、同行させてくれと頼んできた。

出発の朝、駆けつけた信一叔父は、彼に「気をつけて行ってこいよ」と餞別を渡してくれた。包み紙には百円札が二枚入っていた。

舗装された道路は少なく、どこまでもジャリの悪路が続いて、自転車をこぐ足腰が疲れた。

河口にさしかかると、上流の、橋がかけられている所まで一旦戻り、また先へと進まなければならなかった。

たどり着いた最初の晩は山の寺の宿坊に泊まり、疲れて眠い中、僧侶の勧めで朝の勤行にも参加した。

僧侶の読経を聞き座っているだけであったが、その寺には自分と年齢があまり変わらない若い僧侶が、大勢、修行していた。

自転車での走行は、自分たちの住む地域と違う風景を見せてくれた。

低い山地と丘陵が連なり、入江と岬が交互に現われる海岸では岩礁に、松などの樹木が海風に押されて斜めに生え、人家の庭には夏みかんなど柑橘類《かんきつ》が植えられていた。

次の夕方、海岸近くの岩場でテントを張っていると、

「あんちゃん(兄ちゃん)たち、そこであじょうしてっ(何して)た?」

海での漁を終えた、海女たちだった。

上半身裸の海女たちは、自分の子供や孫くらいの年頃の誠司たちに、興味を示した。

自転車で旅行していると答えると、

「そんなとこにいねい(いない)で、こっちけえ(来い)よ」

海女小屋に泊まれと言ってきたが、断ると、

「飯を持ってきてやるから、くわっせいよ(食べな)」

と食べ物を運んできてくれた。

寝袋にくるまり、満天の星空の下、二人で潮騒を聞きながら流れ星を数えた。

「おばさんたち優しかったね」

「魚と大根のおみおつけ(汁物)うまかったな」

二人には、自然の中で活動する苦楽や出会った人との思い出が、忘れられぬ体

験として刻まれていった。

誠司は、自分は父親と縁がなく、母親にもあまりかまってもらえなかったが、興味を広げて人々と知り合い、ふれあう中で、新しい世界を広げていくことができると思った。


夏休みに入り、家でぶらぶらしている誠司に、信一叔父がアルバイトを勧めた。

「いい小遣い稼ぎができるぞ」

彼の勤める醸造会社の、ケースに入った瓶を店舗に卸す作業である。

六本入りケースの醤油瓶を、持ち上げて担ぐのは重労働で、同行する運転手はタバコを吸っては怠け、仕事を誠司に押しつけてばかりいた。

高校三年間の夏休みはバイト漬けで終わったが、誠司は小遣いだけでなく、上半身が逞しい、がっしりした身体を獲得していた。

誠司は、大門先生の話から興味の範囲も広がり、仲間と小説や映画の感想を語り合うなど、委員会での活動が気に入っていた。

学校司書の尾崎和代も、製本や補修などの専門的な作業を、部員に教えていた。

三年になり委員長となった彼は、近隣の高校に呼びかけ、学生図書連合会を結成し、中心メンバーとして意欲的に活動した。文化祭の時期は、各校から招待状が届き、交流に大忙しとなった。

委員会のリーダーとして、後輩たちの面倒を見ることも苦にしなかった。

母親からもらった昼食代はためておき、昼は気のいい級友たちから、握り飯や卵焼きなどを分けてもらって食べた。

浮いた昼食代は行事の後、委員会の後輩たちに、一杯五十円するラーメンをおごる資金にした。

卒業後は、司書を養成する大学への進学を考えないでもなかったが、実現するには学力不足はもちろん、学資の当てもなかった。

三年になった工業化学科の生徒たちは、就職に際して、教師からこう言われていた。

「お前たちは良くて原発の清掃員、まあ、工場のドラム缶転がしがせいぜいってところだな」

生徒たちは自分たちの前に広がる厳しい現実に、無言だった。

そして、自身も工場に勤務した経験を持つ、若い教員はこうも言った。

「どこまでやれるかやってみて、どうしても駄目だ、自分には無理だと思ったら、ケツをまくってそこから逃げ出せ」

社会に出れば、予想もしないつらい経験や出来事に出会うことだろう。自分でどうすることもできない、場面にも遭遇するかもしれない。教師の発した言葉は、誠司に「希望は捨てるな」というメッセージとして届けられることになった。


翌春、誠司は県内の朝戸市にある、化学工業会社に就職した。

誠司が母子家庭であることで、担任は就職試験への影響を心配して声をかけてくれたが、特に支障はなく合格することができた。

化学塗料を製造する工場で、事務の女性以外は男性ばかりだった。

その中には、この頃閉山が相次いだ、北海道の炭鉱離職者も多く働いていた。

彼が最初に配属された製造ラインでは、予想した以上に、厳しい労働を強いられた。

塗料の原料を粉砕する過程が一番過酷で、身体全体が色彩にまみれた。

爪の中だけでなく皮膚にも塗料が付着し、入浴時に石鹸でこすっても、なかなかはがれ落ちなかった。

「こんな色の塗料、何に使われるのだろう」

何気なく誠司が発した言葉に、先輩の工員が答えた。

「そのカーキ色は、死んだアメリカ兵の遺体を収容する袋の染料になるのさ」

誠司は連日、新聞で報じられているベトナム戦争と、自分がこんなところで関わっていたことに驚かされた。

工場内はワニスやシンナーなどの臭いが充満し、化学物質を溶かす蒸気が工場内に漂い、夏場には四、五十度に達した。

狭い通路を抜ける際には、製造タンクに接触して、やけどすることも度々だった。

注文が入ると、徹夜作業が連日続いた。ひと月の残業時間は、百四十時間に及んだ。

疲れ果て、管理者の目を盗んで機械の陰で床に転がり、仮眠をとった。

もと炭鉱夫だった男たちは、きつい労働にも泣き言ひとつ言わず、頑健だった。

彼らは休み時間に、焼却炉で皮付きのニンニクを焼いて食べていた。

同じ高校から同時に入社していた土屋洋介は、四か月で辞めていった。

「自分はずっとこのまま、この臭いと塗料にまみれてやっていくのか」

体力がついてきて、半年もすると仕事にはだいぶ慣れてきたが、誠司は、自分の将来に疑問を持つようになっていた。

同じ寮住まいの、若い工員たちの多くが、休日になると酒や賭け事に明け暮れている生活を目にし、ここから脱出したいという願望が膨れ上がっていった。高校の時の、先生の言葉も脳裏に残っていた。

会社の休暇で実家に帰り、ついでに母校を訪ねた。

まだ冬休み中で、大門先生には会えなかったが、図書室に立ち寄ると、尾崎和代が本の整理をしていた。

「どう、もう仕事には慣れたでしょう?」

「やっぱり、肉体作業はきついですよ。委員会でやっていた頃は、楽しかったなあ」

カウンターの上に置かれた鉢の、シクラメンのピンクの花茎が、勢いよく伸びているのを見ながら自嘲気味につぶやいた。

「今でも図書関係の仕事を、やりたい気持ちはあるの？」

「もちろんですよ」

「あのね、司書補の資格が取れる講習会が、来年度、開催されるというパンフレットが届いているのよ。都内の東経大学が会場なんだけれど、やってみない？」

和代は準備室からパンフレットを取ってきて、誠司に渡した。

閉ざされていた窓が、少し開いた気持ちになった。

早速受講の申込書を送り、後は、その許可書が来るのを祈るように待った。

六月に受講許可の書類が届き、着々と退職と受講の準備を進めた。

都内に就職していた、級友の林田雅夫に連絡を取り、家賃を折半する約束で下宿に寄宿させてもらうことにした。そして、自分の荷物を林田の下宿にチッキで送った後、会社に退職を申し出た。不退転の覚悟だった。

講習会の参加者で、誠司は最年少だった。

関東地方を中心とする、夏休みを利用し、司書の資格を取得しようとする人たちが、長机を並べた大学の講堂に大勢集まっていた。

誠司は常に前の席に座り、熱心にメモを取った。食事は毎回、学食で済ませた。そうした日々を送るうち、受講者の何人かとも顔なじみになった。年下の誠司に、彼等は親切に接してくれた。

講習は専門的な内容を扱い、難しかった。中でも英語やフランス語など、外国語文献分類法は、高校時代に語学が不得手であった彼には、理解するのが至難の内容であった。

何とか修得しようと苦闘している彼に、受講仲間たちが、わからない箇所の要点を教え、協力してくれた。

彼の今までの人生で、これまでにない位、真剣に勉強に励んだ期間であった。

夏の終わりに全ての試験が終了し、彼の手元に、司書補の資格証明書が渡された。

これから数年間、経験と更なる研修を積む中で、司書になる資格を獲得することができる。

受講仲間が、都内の公立図書館でのアルバイトを斡旋してくれた。

プラタナスが色づき始めた大学の構内を歩きながら、誠司は深呼吸をした。二十一歳になろうとしていた。


知り合いの口利きもあり、東葉市にある図書館に正式に司書として就職できた誠司は、郷土資料室に配属された。


図書館の建物は戦時中、市内中心部が焼け野原となる中、戦災を免れた戦前からのもので老朽化が著しかった。翌年、近くの場所にモダンなコンクリート建築として建て替えられる計画が進み、そのための職員の増員が必要だった。

職場の同僚は皆、専門の大学か、大学院を出て、司書の資格を取得していた。講習会で資格を得ていた誠司は、図書の専門性において、彼らに遅れをとってはならないと、密かに対抗意識を燃やしていた。

男性職員が多数を占め、彼らは移動図書館の車で図書の貸し出し業務をするなど、図書サービスが行き届いていない地域を補完する役割も担当していた。

高度経済成長に湧き、人々の生活面が安定してくると、読書や音楽、演劇など、文化的生活の充足を求める機運が広がっていた。

女性の司書の中には、古文書の解読や、絵本や児童書など、専門性に秀でた仕事を進める人たちもいた。

館内の業務に慣れてきた頃、誠司は若い同僚に呼びかけ、図書選定の基準や記事索引の策定の学習会を立ち上げた。

仕事が終わった後、皆で一室にこもり、人々のニーズや時代に即した新しい図書業務のあり方を検討した。

「叶君って面白いわね」

言ってきたのは同じ学習会の仲間、中田昌子だった。

「メンバーの中でも若いのに、周りに遠慮しないでどんどん発言するでしょう。問題点をついて、会をリードしているわね」

「年下の俺が出しゃばっては、まずいですかね?」

「ううん、そんなことない。周りにおもねることなく自分の考えを伝える、叶君のそんなところ私、好きよ」

昌子の直截な言葉に、誠司はドギマギした。

地元の有力企業の重役の娘だという話を聞いたことがあり、中元や歳暮でもらったという菓子などを学習会の差し入れに持ってきていた。

学習会の仲間の多くが大学で勉強していた頃、誠司は司書資格の研修を受ける傍ら、都内の区民図書館でアルバイトに励んでいた。そこでは図書の利用者からの質問や苦情を直接受け付け、業務上の問題点を肌身に感じていた。

そうした実践をしてきた強みが、図書検索の項目や索引作りでの意見交換に反映することができた。図書購入に純文学書だけでなく、ミステリーや探偵ものなど時流に合う書物を要求する利用者のニーズにも向き合ってきた。

司書の先輩でもある、上司の島野課長や山本課長は、積極的に活動する誠司を温かく見守り、公私にわたり面倒を見てくれた。

月末になると、彼の少ない給料まで心配してくれた。

「こういうものを調べてみてはどうだい」

と言っては、日常業務を行う他に、郷土の歴史の裏に埋もれた出来事や、人物について検索する示唆を与えてくれた。

誠司が調べてまとめた記事は、館内で定期的に発行する、広報誌に掲載された。

県内では、新空港建設反対の運動が激しくなり、国を揺るがす大問題に発展していた。

誠司は、新聞や雑誌、週刊誌など商業ベースの出版物として出回ることがない、現地で配られるビラやパンフレットなどの収集は、この事件に関わる郷土資料として、価値があると考えた。

「たとえビラ一枚でも、そこには書いた人の思いがこもっている」

というのが、彼の信念だった。

反対派が出しているものが多くなるため、上司を説得し出張扱いにしてもらい、現地に出かけて資料収集にあたった。

この頃、反対運動は、大きな転換を迎えていた。

新左翼が運動に加わり、今まで支援の中心的役割を占めていた既成政党が後退する一方、過激派も入ったことで、運動が一層激化することになった。

世論は、事前に住民への十分な説明もなく、国策により戦後苦労して開墾した、赤土の農地を奪われることになった反対派農民たちに同情的だった。

誠司の同僚、吉野由美が無断欠勤をした。

職場では欠勤した独身の彼女を心配し、その周辺にいろいろ問い合わせをしたところ、反対運動に加わり、公務執行妨害で逮捕されていることがわかった。

その後、彼女の身柄は現地の警察署から東京拘置所に移送されたが、完全黙秘を貫き、二十三日後にやっと釈放され戻ってきた。

こうした周囲の状況は、誠司にも影響を及ぼした。

資料収集のため、反対派の詰所にも出入りしていた関係で過激派との関係を疑われ、職場や地元にも、警察官が彼の身分照会にやって来た。通勤の際、尾行されていたこともあった。

そうした彼の噂は職場内にも広がり、中田昌子は学習会をやめると言ってきた。他の仲間の脱会も相次ぎ、学習会は解散することになった。

そして直属の上司である、島野課長同席のもと、館長から呼び出された。

「叶君、何も言わずに、担当部署を異動してくれたまえ」

冬の海

「千津さん、ちょっと」

信吾の妻の房子に呼ばれて、冬休みに入った解放感に浸っていた千津は、読みかけの本から目を上げた。叶誠司が家に訪ねてきているという。

「来るなんて、そんなの聞いていないよ」

誠司とは休み前に会ったきりだった。来訪の理由がわからないまま、身なりを整えて階段を降りていった。

誠司は背広にネクタイ姿で、緊張した面持ちでつねと信吾の前に座っていた。

廊下から覗くと、二人は穏やかな表情で黙って誠司の話を聞いていた。

「結婚の申し込みに来てくれたのよ」

房子がそっとささやいた。

前兆はあった。数日前、風邪気味で勤めを休んでいるという誠司の部屋を訪ねた時、先客がいた。

「おふくろが、来ているんだよ」

髪を後ろで団子に結んだ中年の女性が、部屋の中から会釈した。千津は廊下から簡単な挨拶をして、そのまま立ち去った。

その後彼は母親からいろいろ尋ねられ、そして、

「男の部屋に女が訪ねてくるというのは、いつ、赤ん坊ができてしまってもおかしくない。付き合っているのなら、早く結婚を決めなきゃいけないよ」

と言われたのだという。

千津はそれを聞いて、その時は「ふーん」としか受け止めていなかった。

ふたりが付き合いだしてから、一年以上が過ぎていたが、まだ結婚は切羽詰まったことには思っていなかった。

信吾は、妹に職場の後輩との見合い話をしようと考えていた矢先だったが、一

転してこの持ち込まれた結婚話を、受け入れることにした。

専門職の公務員という、収入が安定しているのもさることながら、緊張しながら話をする誠司の様子に好印象を抱いた。

つねの方は、彼が同郷の出身で、自分が方言を丸出しのまま話しても、相手に気後れせずいられることで安心感をもった。

「しっかりした、いい男じゃないか」

「気持ちの優しそうな人だね。これなら千津は、仕事も続けてやっていけそうだ」

家族が誠司をあっさりと認め、喜ぶ姿に千津は複雑な気持ちも抱いていた。

長年、多くの人を見てきたつねは、独特の勘で相手の性格や人柄を見抜き、時には辛辣な人物評を口にすることがあった。

初対面の誠司に対し、彼をとりまく事情など考慮せず、誠司の人間性を正面から受け入れた言葉に、彼との結婚が現実的なものになったと感じられた。

その後、話はとんとん拍子に進んだ。田舎の本庄家には、叶の叔父夫婦が使者として挨拶に行くことになり、年明けには、千津が休みを利用して誠司に付き添

われ、叶家に出向くことが決まった。誠司は千津に、
「これは、一通り済ませなければならない過程だからね」
と言った。

叶の家では、誠司の兄夫婦が、訪ねて行った千津を玄関先で出迎えた。
六畳の居間の隅には、年老いた黒猫が寝そべっており、千津を一瞥した。同行していた誠司は、猫にちょっかいを出しながら千津に顔を向け、笑いかけてきた。

兄の順一郎とは、十数年ぶりの再会であった。千津は冷静に振る舞うことを意識し、緊張していた。

母親のサキエは、まだ仕事先から帰っていないということだった。息子が、結婚相手を初めて連れてくるのに、休暇が取れないほど、忙しい職場にいるのだと推測した。

順一郎は部屋の座卓の中央に座り、三十代の男の、ゆったりと自信に満ちた表情で千津に対応した。

彼の愛嬌のある顔立ちは昔と変わらず、見覚えがあるものだった。

子供時代に一緒だった、そろばん塾の話に触れるつもりはなかった。彼も千津とは初対面であるかのように接していた。

取引先で、順一郎が見初めたという女性は良子といい、女優の新珠三千代に感じが似ているなと、千津は思った。結婚して六年になるが、まだ子供はいないという。

挨拶を終えると、順一郎は彼女にいろいろ質問をしてきた。

「学校では、何を教えているんですか？」

「生意気盛りの、生徒の指導は大変ですか？」

そして、

「千津さんは、あまり贅沢なことをしないで、とても堅実だそうですね。しっかり者のお母さんの教えがいいのかな」

と言った。

狭い田舎町なので、互いの家の事情はおおよそつかんでいた。それにしても誠司は家族に、自分についてどんなことを話しているのだろう、と千津は疑念がわいた。

年回りを気にして、双方の家で結婚の日程が決められ、自分が十分納得していないまま、話だけがどんどん進められているという気持ちが湧いてきた。

ここへきて、誠司との結婚を拒否するわけではないが、気持ちがこの展開に追いついていなかった。

順一郎は、自分の仕事の話もした。

海外にも魚の買い付けに出かけており、去年の暮れに、ノルウェーのベルゲンから帰ったところだという。

「フィヨルドの入り口に位置する、きれいな港町でね」

座卓には彼が持参したという、甘エビやサーモンが、皿に並べられていた。

「私、以前は魚が苦手だったんですけど、順ちゃんの持ってきた魚を食べるようになって、とても美味しいと思えるようになったんですよ」

と、良子が言った。

夫の隣に座る良子は、千津に、醤油を注いだ小皿と箸を渡した。

千津にとって、生のサーモンを食べるのは初めてだった。普段食べ慣れている鮭ではなく、ピンク色をしたサーモンは、とろけるように美味だった。

水産国の日本が、商社を中心に海外で魚を買い付け、輸入しているということも、順一郎の話から初めて知った。

英語が堪能な順一郎は、外国での仕事を任されるほど仲買人として会社で高く評価され、信頼されているということが理解できた。

彼自身も自信があるのか、将来は独立して、事業を行いたいという願望を口にした。傍らの良子は、夫の言葉に微笑みながらうなずき返した。

遠い少女だった頃、異性への憧れともいえぬ淡い感情を抱いた相手が、今こうして自分の前に座っている。その隣には彼の妻が寄り添い、自分はその弟と結婚しようとしている。

千津のなかで、その不思議な縁になんともいえぬ思いが湧き起こっていた。

年月が経ち、順一郎に対する思慕の念などは自分の中にわずかでも残っているとは思わないが、その胸の内は誠司には勿論のこと、誰にも悟られてはならないという緊張も、心の内に生じていた。

サキエが仕事を済ませ、家に戻ってきた。

玄関先で白衣と三角巾を取り、千津と挨拶を交わした。

一度、誠司の下宿で顔を合わせているが、正式に会うのはこの時が初めてと言ってよかった。

サキエが勤める病院が、地域における中核病院として発展をとげ、古参となった彼女は食材の購入を任され、配下に仕事の分担や指示を行う、責任ある立場になっていた。

療養環境の整備と改善も、唐橋院長の病院改革の一環であった。

病院食は冷めていてまずい、というのが世間一般の評価であった。

大病院の厨房では、患者の病状や快復度に合わせて栄養士がメニューを考え、食事を温かいうちに提供する、という取り組みが進められていた。

サキエは一通り挨拶を済ますと、嫁となる千津と会話をすることを措いて、順一郎の方へと顔を向けた。

結婚が決まった以上、次男の嫁となる女性が、教員であることで信頼性を持っているのか、息子から聞いている、千津の人物や性格などの情報で十分だと思っていたのか、彼女にさして興味を示さなかった。

次男の嫁であることや、その後に同居するつもりがないことも、その理由だったかもしれない。

患者に夕食を提供するまでの限られた中で、長男との協議の時間を、優先させていた。

結婚式は、両家の話し合いで旧暦のうちに、地域の国民宿舎を会場に、身内だけで行うという慌ただしいものだった。

この家では、サキエが長男の順一郎に一目置いて、「お兄ちゃん」と頼りにしていることが、傍らにいてすぐ見てとれた。

二人が式の段取りを確認している話の中には、千津の知らない人名がいろいろ出ていた。

初めての訪問先で緊張していた千津は、二人の会話を聞きながら、これからはこの人たちと、同じ家族として接していくことになるのだなと、ぼんやり考えていた。

結婚式は周りがお膳立てをし、当事者はそれに乗せられていくだけのものなのか、と不快にも感じていた。

母と兄との会話を、時折、口を挟みながら聞いていた誠司が、自分の脇に座る千津の方をふり返った。

誠司は彼女の表情がこわばっている様子に、異変を感じたのか、突然、

「ちょっと俺たち二人で、気分転換に外へ出てくるわ」

と言いだした。

「千津さんも初めてこの家を訪ねてきて、少し、疲れが出ているんじゃないのかな?」

誠司が、千津に問いかけた。

千津は曖昧にうなずいた。

サキエと順一郎は話を中断して、顔を見合わせた。それからサキエが、千津の方に向き直って、言った。

「そうだね、それがいい。ずっと脇で話を聞いているうちに、お兄ちゃんの方を、好きになってしまうのも困るからね」

千津は思わず、サキエの顔を見た。

＊

久しぶりの故郷の海だった。

タクシーから降りて、二人は浜へと歩き出した。靴が軟らかい砂地に沈み込んだ。

海岸には人影がなく、木造の漁船が二艘、砂浜にあげられていた。

空気はひんやりと冷たく、風がコートの裾をあおった。

波は緩やかな音を立てながら、長い寄せ返しを繰り返していた。千鳥やしぎなどの海鳥が水際を飛びかう、穏やかな冬の海だった。

誠司が、千津を見やりながら、

「大丈夫だったの？　気分が悪そうでとても心配したよ」

と言った。

千津はその問いにうなずきながら、水平線の彼方を見て、深呼吸をした。

誠司と二人になって、緊張がほぐれ、気持ちが落ち着いてきたのを感じていた。

「千津さんは機嫌が悪いと、すぐに黙り込んでしまうからな」

誠司がからかうように言った。

「とてもわかりやすくて、いいでしょう」

千津は不機嫌そうに答えた。

誠司は千津の頭を、指でツンツンしながら笑った。

風をよけて、漁船の間へと歩いた。

海を見渡すと、子供の頃と比べ、浜辺がだいぶ狭くなっているように感じた。

「波で、砂浜が海へと、削られているせいかしらね」

記憶している風景とは違って見えた。

突然、誠司が指をさしながら、

「向こうに見える岬の台地に、昔、佐貫城という城があったという話、知っている?」

と言った。

「えっそうなの、初めて聞くわ」

「平安時代の後半に、源氏の棟梁が、地方の争乱を平定する手柄をたてた配下の武将に、褒美として、この辺りの領地を与えたんだそうだ。城といってもこの頃のことだから、主たちがすむいくつかの居館と、敵からの防御のための木柵や空堀を備えた大規模な砦、といったものだろうけどね」

歴史好きの千津も、相槌をうった。

「天守閣のある城というのは、信長の時代以降になるからね。台地は周りが海と断崖だから、さぞかし領主にとっては、地の利に恵まれた、天然の要塞、だったんでしょうね」

誠司は、話を続けて、

「それから何代か後の、片岡常春という領主は、鞍馬山から奥州に逃れる途中の義経らを館に招き、この近くを案内するなど、たいそう彼ら一行を歓待したそうだよ」

それを聞いた千津は、思わず声をあげた。

「もしかして、それって、子供の頃に踊っていた、祭りの時の歌と関係しているんじゃないの？」

千津は地元の夏祭りで毎年踊っていた、音頭の歌詞にある、

〃ハァ　海は荒波　寄せては返す　都育ちの義経さんも　だてに来やせぬ　つくもの海よ〃

という一節を、思い出していた。

そうか、あれは郷土の、昔の出来事を伝えるものであったのか。

都生まれの若い義経が、岬の城の突端から荒波が岩に砕け散る、太平洋の雄大な景色を眺めていたとは。

「各地に、義経伝説があって、彼らが奥州に、どのルートをたどって向かって行ったかは、正確にはわかっていないんだ。この話も確証はないけれど、地元では、古くから言い伝えられているものなんだよ」

その様ないわれも知らず、提灯が吊り下げられた祭りの会場で、浴衣を着て無心に踊っていた幼い日が、懐かしく思い出された。

それと同時に、二人でタクシーに乗り、町中を通り過ぎた時、何軒かの大通りの商店がしまって閑散としていたことや、空き地が増えて、昔の面影が失われていた光景が頭をよぎった。

全校生徒が、中学校から歩いて「翼よ、あれがパリの灯だ」など、文部省特選の映画鑑賞に出かけた思い出がある映画館は、けばけばしい色彩のピンク映画の看板がかけられ、辺りに醜悪な雰囲気を漂わせていた。

「数年前から大通りはこんな塩梅《あんばい》で、祭りも以前と比べ、活気が無くなっていてよオ」

年配の運転手が言った。

郊外の国道沿いに新たにできた、大手スーパーや家電や衣料の量販店の進出が、この地域の人々の消費行動に、大きな影響を与えているのは確かだった。

地元に残っている同級生たちはどうしているのだろう、と突然気になった。

そして、ここに来る前に立ち寄った千津の実家では、精米所の看板がいつの間にか外されていた。

「それで、その後、城はどうなったの？」

「鎌倉政権が確立すると、領主の常春は、将軍と対立していた近隣の縁戚関係の武将や、弟が義経の家人となっていた関係もあって、次第に幕府から謀反を疑われるようになっていってね。釈明したものの、結局、城は内陸、海岸、海の三方から、頼朝の命を受けた配下の大軍に、攻められ、滅亡してしまうことになるんだ」

岬の上にある城に向かって、この砂浜一帯を、刀や槍で武装した大勢の兵士がときの声をあげ、駆け抜けて行く光景が浮かんだ。

この海にも、岬の城に向かって兵士が矢を放つ、沢山の船が浮かんでいたことだろう。

大軍に攻められ、領内の田畑や町家はことごとく焼き払われたのであろう。

「領主の常春は、平家追討の戦で手柄を立て、あの壇ノ浦でも活躍した、文武に優れた武将だと古文書では伝えられているんだ。

鎌倉幕府から疑いをかけられ、態度を迫られた常春は、仲間の武将や家臣たちの意見も聞きながら、最終的に、居ながらにして滅亡してゆくのは武士の本意ではないと、万に一つの可能性にかけ、幕府との決戦に活路を求めたと古い書物には書かれている」

千津は、武人として自分たちの置かれた運命を受け入れ、負けるのを覚悟して戦いに臨んだ武将の心情を思いやった。

「片岡家は七代にわたって、源氏に忠節を尽くしてきた家系なんだそうだけれどもね」

郷土の人たちが、武士としての仁義を尽くした武将の姿を、後世に語り継いできた思いがわかるような気がした。

「岬の台地は、『兵どもが夢の跡』ってところなのね」

岬の台地には、千津はそれまで行ったことがなかった。

「ところがね、今ではその城の痕跡は何一つとして、台地には残っていないんだよ」

千津は、誠司に顔を向けた。

「どういうことなの？」

「太平洋の荒波に崖が侵食されていって、何もかも波にのまれ、消えてしまったのさ、だから今では確かめようがないわけだ」

誠司はふーと、ため息をした。

「片岡家が支配していた城は、今見える岬の先端から、南に四キロの沖合にあったといわれている。それが長い時間をかけて、少しずつ波に削られ、海中に没してなくなっていったんだ」

鎌倉時代の前半には、城があった辺りは、完全に海の中に埋没して、消えてしまったのだと、誠司は言った。

波の侵食活動のすさまじさに、改めて驚く。

「この先の海中には、城中にあった寺の鐘や仏像が、沈んでいるという話も、残されている」

誠司は、続けて話した。

「城が滅んだ後、戦いに敗れた何人かの兵士たちが、内陸の、砂丘の後背地まで落ちのびて、子孫にあたる人たちが住むようになったという伝説の残る村もあるんだよ」

千津は、自分が生まれ育った地方に、このような話があることを、今まで知ることがなかった。

千津は、白い灯台が立つ岬を眺めた。

城を巡る攻防や、地域の人々の暮らしも飲み込んだ海の底で、沈んでいったという寺の梵鐘は、鎮魂の調べを鳴らしているのだろうか。

岬の先端から現れた一隻の船が、鈍色の海を、白い航跡を描きながら水平線の彼方に向かい、進んで行った。

雲が長く切れて、水平線の辺りだけ明るくなっていた。

結婚話が決まり具体化しても、自分の気持ちは、なかなかついていけなかった。新しく自分の人生が展開するとなると、自分の中で、ためらう気持ちが交錯する。細かいことに拘る自分にも呆れていた。

船は、だんだんと小さくなっていった。何処へ向かうのか、先には何が待っているのか。未来のことは誰にもわかりはしない。でも誰もそのまま、いつまでもそこにとどまっていることはできないのだ。

私も、前に進むのを迷っているのはやめよう。未来を恐れてばかりいてはならない。

海面に、次第に午後の光が増していき、波が反射していく様子を見ながら、千津は気持ちを固めた。

傍らに立つ誠司も、遠い水平線の彼方を眺めていた。

※本作品はフィクションであり、登場人物・地名等は架空のものです。

参考とした資料

●海上町史　海上町史編纂委員会
●飯岡町史　飯岡町史編纂委員会
●旭市史（通史編）旭市史編纂委員会
●すべては患者のために　鈴木久仁直　アテネ社
●下総の子ども歳時記　青木更吉　崙書房

〈著者紹介〉
波方遥（なみかた・よう）
千葉県在住。
コロナ禍を契機に小説の執筆を始める。

海《うみ》の梵鐘《ぼんしょう》
2024年6月21日　第1刷発行

著　者　　波方遥
発行人　　久保田貴幸

発行元　　株式会社 幻冬舎メディアコンサルティング
〒151-0051　東京都渋谷区千駄ヶ谷4-9-7
電話　03-5411-6440（編集）

発売元　　株式会社 幻冬舎
〒151-0051　東京都渋谷区千駄ヶ谷4-9-7
電話　03-5411-6222（営業）

印刷・製本　中央精版印刷株式会社
装　丁　　野口萌

検印廃止

ISBN 978-4-344-69009-7 C0093
幻冬舎メディアコンサルティングＨＰ
https://www.gentosha-mc.com/